太郎の幻想ロマン

磯貝勝太郎
Isogai Katsutaro

a pilot of wisdom

目次

飲刀子儛

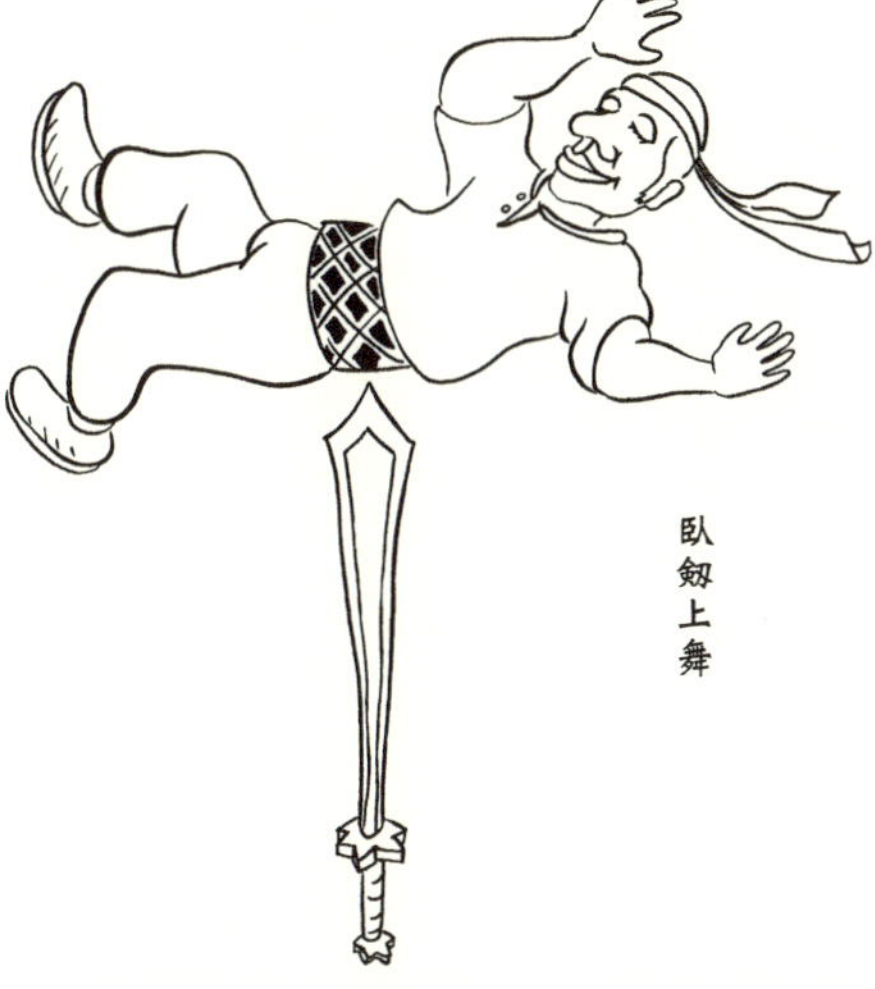

臥剱上舞

『信西古楽図』をモチーフに

扉イラスト／磯貝　健
扉デザイン／マザー
地図作成／クリエイティブメッセンジャー

はじめに

一九九六年（平成八年）二月十二日、司馬遼太郎氏が急逝されたという報に接し、悲しむいとまもなく、故人ゆかりの産業経済新聞社からの依頼で、「鬱懐《うつかい》が基盤の『司馬文学』の広大な世界」という哀悼文を書いた（「産経新聞」二月十四日　朝刊）。

そして、四月一日から三日にかけて、NHK教育テレビが追悼特集「司馬遼太郎の遺産」を組み、三回にわたって全国に放映した時、その第一回「歴史からの視線――日本人は何ものか」に、第一部「歴史文学への視野」と題して、文芸評論家、尾崎秀樹《おざきほつき》氏とわたくしの二人が話し合った（その内容についての全文は、一九九八年〈平成十年〉、日本放送出版協会〈NHK出版〉刊行の『司馬遼太郎について――裸眼の思索者』、さらに、二〇〇六年〈平成十八年〉、それを文庫本にしたおなじ書名のNHKライブラリー〈202〉、この二冊にそれぞれ、収録されている）。

その対談で、わたくしは概略すると、つぎのように語っている。

最初の短編集『白い歓喜天《かんぎてん》』（凡凡社　昭和三十三年）を読んだ時、強烈な印象を受けました。

その中には、同人雑誌「近代説話」に掲載された「戈壁《ゴビ》の匈奴《きょうど》」「兜率天《とそつてん》の巡礼」、この二作以前に書かれた「ペルシャの幻術師」の三つの短編が収録されており、三作には、作者の西域への関心が表われていること、幻想的な作品であることに、私は魅せられたからです。

この三つの作品は、想像力のゆたかな人でなくては書けない幻想小説なので、司馬さんの真骨頂は想像力の飛翔《ひしょう》にあると感じると同時に、「戈壁の匈奴」の、西域のオアシス国で中央アジアの辺境の国、西夏《せいか》の民、「兜率天の巡礼」の秦氏《はたうじ》の一族など、辺境の少数民族に対する司馬さんの関心と視点があることに気づき、歴史文学の視野のユニークさを痛感しました。

この発言を、こんにち、思い起こしてみると、わたくしが若いころ、はじめて、『白い歓喜天』に接した時に受けた印象は、現在でも変わっていないことがわかる。

この短編集を読んだあとで、密教の世界が投影されている「外法仏《げぼうとけ》」「牛黄加持《ごおうかじ》」の二作を読み、わたくしは、司馬の幻想小説のとりこになってしまった。

のちに、そのことを、晩年近い司馬遼太郎につたえると、

「神さまが私に、一生のうち、小説を一遍だけ書くならば、どんな作品か、とたずねたとする

と、即座に、幻想小説と答えますよ」

これは、わたくしの心奥《しんおう》を突いた。

そこで、亡くなって五年目の二〇〇一年（平成十三年）、「ペルシャの幻術師」を表題作として、「戈壁の匈奴」「兜率天の巡礼」「下請《したうけ》忍者」「外法仏」「牛黄加持」「飛び加藤」「果心居士《かしんこじ》の幻術」の八篇の幻想小説を収録する『ペルシャの幻術師』（文春文庫）を編纂《へんさん》、発刊した。そのさいに、文庫解説も、わたくしが受け持ったものの、紙幅の関係上、十分に意をつくせなかったことを考え合わせて、いっそのこと、「梟《ふくろう》の城」「妖怪」「大盗禅師《だいとうぜんし》」など長編幻想小説を加えて、『司馬遼太郎の幻想ロマン』というタイトルの本書を刊行しようと決意した。

この新書には、長編小説「空海の風景」、幻想小説「外法仏」「牛黄加持」や、その関連書などからの引用が少なくないのは、作品を通して、呪術宗教の密教を理解していただきたいからである。

歴史文学の第一人者といわれていた海音寺《かいおんじ》潮五郎《ちょうごろう》と、幻想小説の作家、司馬遼太郎との関連も重要なことは、本書を読んでくだされば、わかってもらえる、とおもっている。

第一章
司馬遼太郎の人と文学の原風景・竹内街道（大道《おおち》）

竹内街道（大道《おおち》）

▼竹内《たけのうち》街道（大道《おおち》）と生家の河村《かわむら》家

一九九八年（平成十年）、晩秋十一月のある日、わたくしは司馬遼太郎（本名、福田定一《さだいち》）の生家、河村家（母親、直枝《なおえ》の実家）を訪れるために司馬の姉、川田貞子、妹の水谷弘子、姪の中野嘉佐子さんたちとともに、近鉄南大阪線の磐城《いわき》駅で下車した。そこから河村家に向かって竹内街道を歩きながら、この街道と、葛城《かつらぎ》山系の二上山《ふたかみやま》（通称、にじょうざん）のふもとの周辺が、司馬遼太郎の人と文学に与えた影響を考えた時、自分は今、その原風景の中に居るのだという感激で胸の鼓動が高まった。

竹内街道は、飛鳥《あすか》時代の推古《すいこ》天皇二十一年（六一三年）に設置された、わが国最古の国道ともいうべき大道のルートと大部分が重なっている。

街道の道幅《みちはば》は、自動車一台がやっと通れるほどせまく、飛鳥時代の赭土《あかつち》の風韻《ふういん》を残すために茶褐色のアスファルトで舗装されている。

岸俊男『日本古代宮都の研究』（岩波書店　昭和六十三年）によると、大道の横大路《よこおおじ》は、當麻《たいま》町《ちょう》長尾《ながお》（現・奈良県葛城市長尾）から、橿原《かしはら》（現・橿原市八木町《やぎちょう》）を経て、桜井（現・桜井市外《と》山《び》）に至る全長約十三キロ、ほぼ東西に一直線に通じていたという。

二上山を望む奈良盆地をまっすぐ東西に走る横大路の道幅は、四十メートルを超えていたと

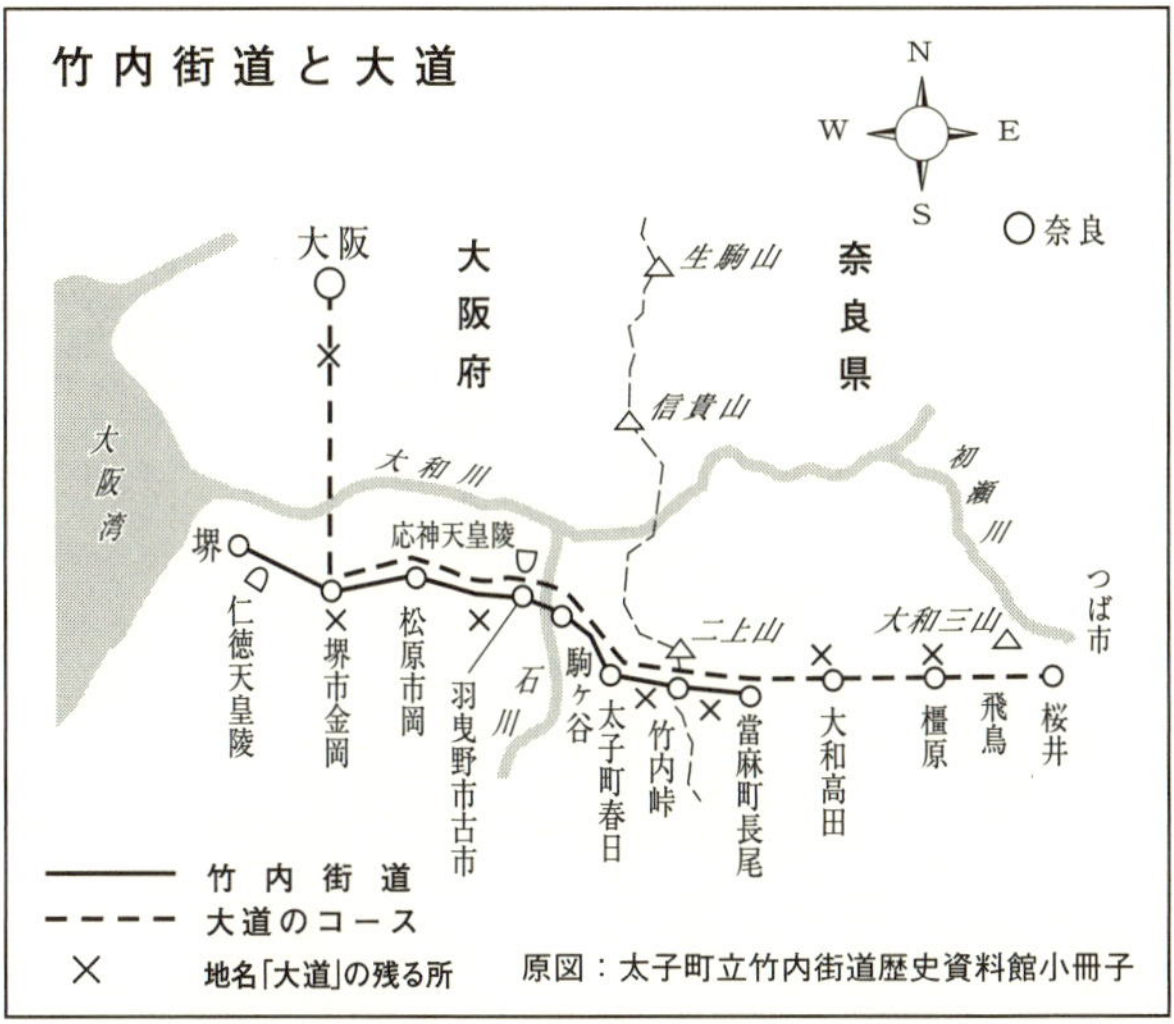

考えられており、自動車のない飛鳥時代に、現代の高速道路のような幅広い赭土の大道が走っていたのである。

そのころの大道は、京《みやこ》の飛鳥と大和朝廷の外港であった難波ノ津（港）をむすんでいた。

当時の海は内陸に入りこんでいたので、難波ノ津の所在地は、大阪市中央区心斎橋筋付近であったという説が有力である。

だが、その他にも高麗橋付近（中央区）、天満橋天神橋付近（中央区・北区）、上町台地《うえまちだいち》の東側のいずれかにあったという諸説もある。

難波ノ津の後背地（その一部は、低い丘陵になっており、現在、上町台地とよばれ、大阪市となっている）には外国使節の泊まる館、外交、港湾関係の建物が多く立っていたので、国際的な港、シルクロードの東の最後の港として繁栄していた。

大道は、鉄分を含む赭土の道ではあったが、当時の国際的な幹線道路で、地球規模の重要な役割を果たしていたことを考えると、刮目《かつもく》に値する。

古代中国の隋《ずい》に渡った遣隋使《けんずいし》、留学僧たちは、隋の文物（法律、学問、芸術、宗教など文化に関するもの）を、古代朝鮮やペルシャからの渡来人は、自国の多様な文化をそれぞれ、大道を通って飛鳥にもたらしたので、大道は、ユーラシア大陸（アジアとヨーロッパ）の異文化・異文明の吸入路にほかならなかったからである。

司馬が誕生した河村家は、竹内街道に沿って立っており、その母屋《おもや》は大和棟《やまとむね》とよばれる土壁、格子に昔の面影を残す百三十数年を経た建物で、黒光りする梁《はり》と太い柱の重厚なつくりである。

河村家は七代にわたって、農業をなりわいとして、米、ぶどう、すいかなどを栽培してきた。江戸末期の当主が善右衛門《ぜんえもん》なので、こんにちでも、〝でえもんさん〟という通り名で親しまれている。

現当主で、材木業を営む河村博三《ひろみ》氏は、

「にいちゃんが、おれの目の黒いうちは、母屋の建て直しをしないでくれ、といっていたが、来年は建て直すつもりです」

と、おっしゃっていた。にいちゃんとは、従兄《いとこ》の司馬遼太郎である。博三氏に案内されて、中庭が見える奥の間に入ると、その鴨居《かもい》に、大型の横額の書がかけてあった。

子供のころ
　村の道を
大道と聞きき
　長じて　大道
とは　天平白
鳳の官のこ
ばなる《ママ》を知る
　日本国の中
央線なりしこと
　を知りたり

　昭和六十一年春
竹ノ内　河村家にて

司馬遼太郎

円《まる》みがあり、あたたかさのこもる文字を読みながら、わたくしは、かねてから考えていた司馬少年の生家と大道との関連におもいをはせた。

大陸の文化は、日本の中央線である大道を通じて、遣隋使、渡来人たちによって、京の飛鳥にもたらされ、わが国最初の国際色ゆたかな飛鳥文化が開花したことや、それがもとになって、つぎの白鳳《はくほう》・天平《てんぴょう》文化が結実したことなどを、成長するにつれて知った経緯《いきさつ》が、この額装の書には凝縮して表現されているからだ。

日本国の中央線であり、国際的な幹線道路ともいうべき大道に沿った家で生まれたという追憶は、司馬の中に、ユーラシア大陸と日本、さらに、大陸の異文化、異文明と日本文化をそれぞれ、相対化して考えることをはぐくませた。

人間が生涯に為《な》すことは、幼少年期に用意されているといわれている。子供のころ、芽生えた大陸への強い関心によって、ゆたかな詩的想像力を飛翔《ひしょう》させ、ユーラシア大陸に幾十世紀にわたって、くりひろげられてきた人間の悠久の歴史に、あこがれとロマンを求めて漂泊する詩情の作家として成長してゆくのである。

▼司馬ファンであった先輩作家、海音寺《かいおんじ》潮五郎《ちようごろう》

ところで、本書では、司馬遼太郎と作家の海音寺潮五郎との関係について、わたくしの知る範囲で、ふれるつもりである。

海音寺は司馬の「ペルシャの幻術師」を高く評価し、その才筆を認めた。それが機縁となり、双方の信頼関係は終生、つづいたのである。

一九五九年（昭和三十四年）九月二十五日、産業経済新聞社大阪本社文化部の記者であった司馬は、海音寺に、新刊『梟《ふくろう》の城』と、つぎのような手紙を送っている。

拝啓

いかがお過しでありましょうか。雑誌にて御近影に接しましたり、御本を拝誦してなんとなく御謦咳《ごけいがい》の近くに侍している思いがいたしております。

先日は寺内君が西下いたし、いろいろ競輪雑話をきかされました。彼が帰京したあとで、拙著がしゅったいいたしました。さっそく送らせていただきました。御一粲《ごいっさん》くだされば、望外の仕合わせに存じます。なんとなく恥しく存じます。こわい感じもいたします。

講談社がつぎを書けと申しますので、まだプランは送っておりませぬが、大和葛城山ノ國ツ神であった一言主《ひとことぬし》を書きたいと存じております。大和ノ國をぶたいにした、ある日の

秘史であります。

　わたくしの生家の上に小さな祠《ほこら》があり、一言主が祭神であるとききました。名前からみて、なんとなく、古代警句家であるような思いがいたし、その後想像が付加してきて、これはコロポックルであろうかと思うようになり、コロポックルについての想像がだんだん空想的になってまいりました。

　大和吉野川のほとり、國栖《くず》の地に穴居していたこの丈のひくい人種は、頭が大きく、性格が保守頑固で、すでに平野では南朝鮮系の出雲族が草の家にすんでいたにもかかわらず、自然を愛し、自然とともに死ぬことを人生の信条にしていました。しかし他種族にくらべてこの少数部族はいたってあたまがよく、智恵を出雲族に賣ることによってくらしていた、と空想されてきたのであります。出雲族の領土の葛城山にひとりすんでいた一言主も、そういう職業（?）の人物でありました。

　出雲族は、臆病で勤勉で、そのくせ小ずるい種族であったかと思います。いまの日本人の半分以上は、やはりこの氣質をうけついでいるように思われます。その首領が、長髄彦《ながすねひこ》でありました。ただし長髄彦は、私の生家の裏に塚がありますので、好感をもちたく思い、この人物はいわば、あの背の高い朝鮮人の好人物、といったような人物だったろうと、勝手に想像しております。

そこへ、わだつみ族が、日向《ひゅうが》から攻めてきます。これはひょうかん無類、廉恥を重んじ、人生の美はいつに潔よさにあると信じている種族で、いまの日本人の1/5はこの先祖の血の濃い性格をもっているように思えます。こんにちの日本人はこの三つの種族の遺伝氣質の強弱でできあがっているように思うのであります。イワレ彦（この皇室の御先祖は、おそらく朝汐のような風ぼうをしていたと思います）にひきいられたわだつみ族は、最初は、生駒山《いこまやま》の孔舎衛坂《くさえざか》で一敗しますが、のち熊野にまわり、ここでわだつみ族の植民地軍（都督猿田彦）を併わせて再来し、ついに大和を戡定《かんてい》します。

日本人の成立は、この三種族の性でむすばれて混合民族になったのでありましょう。その、性で（大規模に）結ばれる歴史の瞬間をかきたいと思うようになりました。いつも孤独な位置にたつ一言主を主人公とし、やはり第三者的立場の、宇陀にすむ巫女《みこ》の國の首領天鈿女命《あめのうずめのみこと》（出雲族・この巫女の憑き神が天照大神だったと思います。出雲族の神を、わだつみ族が平定とともに奪ったように思います。わだつみ族の神は大山祇神《おおやまつみのかみ》とか、木花《このはな》咲耶《さくや》姫《ひめ》とか、いまでは二流の神様のように思えます）も、しきりと登場します。

古事記、日本書紀（あまり讀んだことがありませぬ）から離れ、また今日の古代的考察からも離れ、いっさいを今日的な人間と人種の問題にやりなおして、現代会話による小説を書きたいのであります。

それを思うと、三木の別所長治はふっとんじゃいました。うつり氣なことであります。

また、蕪雑《ぶざつ》なことをならべてしまいました。先生の御勝健をおいのりしてやみませぬ。

手紙の冒頭文のあとに、〝寺内君〟という名前が出てくる。司馬と同人雑誌「近代説話」を二年前（一九五七年〈昭和三十二年〉）に創刊し、のちに直木賞作家になった寺内大吉である。

手紙の末尾近くに出てくる別所長治《べつしょながはる》は、織田信長につかえたが、後年には叛旗《はんき》をひるがえした武将である。

司馬はこの手紙を海音寺に出す以前の同年八月十日の手紙の中で、播州《ばんしゅう》（現・兵庫県南西部）を訪れて別所長治の事蹟を調べたことや、同地の自分の祖先の事蹟についても調べたことを述べたあとで、長治にまつわる自己の祖先をテーマとする小説を書きたいという創作意欲を打ち明けている。

司馬の父方の遠い祖先は、戦国時代に三木姓を名乗り、別所長治に味方して播州の三木城、英賀《あが》城に籠城し、秀吉の軍勢と戦い、敗れたので、長治について調べるのは司馬の父方の遠祖のルーツをさぐることにほかならなかった。

そのルーツに興味を持つ読者は、『司馬遼太郎が考えたこと　1～15』（新潮文庫）の1「別所家籠城の狂気」、2「播州人」、3「播州の国」、12「祖父・父・学校」、15「官兵衛《かんべえ》と英賀城（「播磨灘《はりまなだ》物語展」）」「私の播州」、さらに、『司馬遼太郎全講演［5］』（朝日文庫）収録の「播磨と黒田官兵衛」などを読むと、参考になる。

八月十日の海音寺あての手紙からは、『梟の城』（講談社）の校正刷りを読み、小説を書く自信ができたので、播州におもむき、別所長治と自分の祖先の事蹟をそれぞれ、踏査して小説を手がけようとする創作意欲がうかがえる。

そして、九月二十五日の手紙からは、刊行したばかりの『梟の城』を送る気持ちを述べたあとで、おなじ版元の講談社から、次作についての注文を受けたので、母方の故郷、大和の葛城伝説による古代史小説を書きたいという抱負がつたわってくる。

だが、その古代史小説のことを思うと、別所長治にまつわる父方の祖先の小説について書く意欲がふっとんでしまったので、なんと自分は、〝うつり気であることか〟と苦笑する司馬の顔が浮かんでくる。

この時期の司馬は、〝うつり気〟というより、多忙になりつつあったので、長治にまつわる自分の祖先についての小説を書くことができなかった。そして、古代史小説は、長編小説ではなく、「神々は好色である」という題名で、短編小説として、雑誌に掲載されている。しかも、翌年には、「梟の城」が、直木賞選考委員の海音寺による強力な推薦で直木賞を受賞したので、ますます多忙になり、それ以後は流行作家になったため、父方の祖先をテーマにした小説をついに手がけることはなかった。

小説家としてスタートする覚悟と創作意欲を、恩人ともいうべき海音寺潮五郎につたえる二通の手紙（一九五九年〈昭和三十四年〉八月十日付、同年九月二十五日付）は、「司馬遼太郎、昭和三十四年夏」というタイトルの掲載記事（司馬遼太郎記念館会誌「遼」二〇〇四年秋季号　第一三号）の中で、はじめて公表された。

わたくしが九月二十五日の手紙の文中で、特に注目したのは、つぎの二つの文章である。

わたくしの生家の上に小さな祠があり、一言主が祭神であるとききました。

ただし長髄彦は、私の生家の裏に塚がありますので、……。

これらの文章によって、既存の年譜、その他の資料では生誕地が大阪市になっているが、司馬は自分が生まれた家の近くに一言主（一言主命《ひとことぬしのみこと》）の祠と長髄彦の塚がある、と述べて、奈良県北葛城《きたかつらぎ》郡《ぐん》磐城《いわき》村《むら》大字《おおあざ》竹内《たけのうち》（現・葛城市竹内）の河村家で誕生したことを明らかにしているからだ。

その祠の所在を河村博三氏にたずねると、家から東南の方角にあたる御所《ごせ》市《し》森脇《もりわき》の一言主神

社の祠をさすのではないか、と教えてくれた。そこで、神社の宮司《ぐうじ》で、一言主の子孫、伊藤典《いとうのり》久《ひさ》氏に質問すると、

「うちの境内の祠のことかもしれないが、河村家から離れているので、竹内街道に沿った河村家付近の家の庭内に、智恵の神、守護神として祀《まつ》る祠があるにちがいない」

との答えであった。

司馬によれば、昔から竹内の人たちが吉野川流域の村々（国栖の地）から嫁婿をもらうのは、智恵の神と崇《あが》められている一言主の智力にあやかりたいからだという。竹内あるいは、一言主神社の周辺では一言主が〝イッコンジンさん〟とよばれ、親しく信仰されているので、伊藤氏が、河村家近くの家の庭内に一言主の祠があるに相違ないと指摘するのは説得性に富む。

長髄彦は、出雲族（朝鮮半島から出雲〈現在の島根県出雲市〉を経て、奈良の大和盆地に入ってきた人びとの子孫で、南朝鮮人系の種族）の首領であった。

竹内村の人びとは、千数百年来、かれを葬った塚を鍋塚《なべつか》とよび、古墳、墳墓として護持し、自分たちが温順高雅な長髄彦の末裔《まつえい》だ、と信じており、司馬もそのことを誇りとしていた。塚は河村家の裏手、東南の方角に約百メートル離れた小高い丘（高さ約五メートル）である。

問題はその丘である。

先般来阪した畏友《いゆう》寺内大吉君を大和までともなって、その小さな隆起をみせた。「これや」と示すと、「なんや、しょうむない小山やな」という意味のことを標準語で言った。「冗談やない」と、私の顔はそれなりに気色ばんでいたらしい。「もしお前、ひとつ間違うていたら、このしょうむない丘が、エジプトのピラミッドか、堺《さかい》の仁徳《にんとく》天皇陵ぐらいに有名になっていたところやでえ」

丘というのは、長髄彦の古墳なのである。そう伝承されている。学界が裏付けたわけでもなく、新聞が書いてくれたわけでもなく、わが大和国北葛城郡磐城村竹ノ内の村民が、千数百年来、相語り相伝えて、たれがなんといおうと、そう信じこんでいる古墳なのである。村民のひとりである私の母方の叔父《おじ》などはいう。

「子孫が〝そや〟というてるのに、これほどたしかなことがあるかいな」（「長髄彦」『司馬遼太郎が考えたこと1　エッセイ　1953・10〜1961・10』新潮文庫）

引用した文中の母方の叔父は、河村善作《ぜんさく》である。古代の大和の歴史に詳しいだけでなく、世知にも長《た》けていたので、司馬が国栖人《くずびと》の一言主や長髄彦の血をひいていると信じはじめるきっかけをつくったのは、この善作であった。

一言主、長髄彦は、竹内村の人びとの遠祖として尊敬されてきたので、そこで生まれた司馬は、この二人のルーツをさかのぼることにより、日本人、そして、自己のアイデンティティーを生涯にわたってさぐってきたのだ、とわたくしは考えている（そのことについては、本書の第二章でふれたい）。

長髄彦の塚の周辺は、春四月になると、黄色い菜の花でおおいつくされる。その塚のあたりからはるかを見わたせば、なだらかな大和盆地がひろがっており、かなたに耳成山《みみなしやま》、香具山《かぐやま》、畝傍山《うねびやま》の大和三山《やまとさんざん》が夕靄《ゆうもや》にかすんで、海の中の小島のように浮かんで見える。

司馬少年は、この美しい大和盆地の地相と風景を、塚から見下ろすのが大好きであった。そして、古代大和盆地で活躍した一言主や長髄彦をめぐる葛城伝説に心を動かされてきた。

海音寺あての手紙（一九五九年〈昭和三十四年〉九月二十五日付）の中で、意欲的に書きたい、と抱負を述べている〝ある日の秘史〟は、生家に近い一言主の祠、長髄彦の塚に対する親近感をモチーフに、九州の日向（現・宮崎県）から大和に侵入した海族《わだつみぞく》を率いる首領、磐余彦《いわれひこ》（のちの神武《じんむ》天皇）と出雲族の首領、長髄彦との戦いの伝説が素材になっている。

それに加えて興趣満点なのは、主人公、一言主の智恵によって、海族の男たちと出雲族の女たちがいっせいに媾合《まぐわ》い、新しい種族、すなわち日本人が生まれ、日本が誕生する顚末《てんまつ》がユーモラスに描かれていることだ。

日本人と日本の誕生をテーマとする古代史小説は、「神々は好色である」というタイトルで、

「面白倶楽部」（昭和三十四年十二月特大号）に掲載された（のちに、『司馬遼太郎短篇全集　第二巻』文藝春秋刊に収録）。

この短編は、司馬文学をつらぬいている「日本人、および、日本とは何か」という一大テーマについて書かれた初期の代表作で、辺境の地、国栖の少数民族、一言主命を主人公に、野心的な構図で描いた意欲作である。


一九五九年（昭和三十四年）、司馬から『梟の城』と手紙をもらった作家、海音寺潮五郎は、それ以前にすでに、司馬の熱烈なファンであった。

そのきっかけとなったのは一九五六年（昭和三十一年）に司馬遼太郎というペンネームで最初に書かれた「ペルシャの幻術師」である。

十三世紀のペルシャの町、メナムを舞台に、そこを攻略した若き蒙古《もうこ》人の王と、ペルシャの幻術師との美女をめぐる闘争を描く幻想小説を、講談社の「講談倶楽部」の懸賞に応募し、総数、一〇二三篇の中から、第一次、第二次の選考を経たのち、最終選考会では、十篇の中に残った。

最終選考会の席上、四人の選考委員（小島政二郎《こじままさじろう》、海音寺潮五郎、大林清《おおばやしきよし》、源氏鶏太《げんじけいた》。もう一人の山手樹一郎《やまてきいちろう》は用事で欠席し、手紙で選考意見を述べている）の中で、海音寺は「ペルシャの幻術師」の幻覚の美しさを高く評価したが、他の委員は、当選作にすることに反対した。小島と大林は、「ペルシャの幻術師」を当選作一篇だけとすれば、ふさわしくない、と主張している。

海音寺の発言は、つぎのようであった。

「ぼくは、これは非常に買いました。この幻覚の美しさね。出てくる人物が、型にはまってるけれども、芸術的に整理されてる感じがしましたがね」

「大衆文学の幅をひろげる意味で、結構だと思うんです」

「それは、そういうジャンルの小説が、いままでないんだから、それで進歩しないんだとも言えると思うんです」

「まあ、一応ぼくは非常に買ったんだ。残しましょうよ」

「ぼくは当選作だと思う。惚《ほ》れこんじゃった」

このように好意的に評価することに終始したので、「ペルシャの幻術師」は暖文兵《なわてぶんぺい》の「遠火《おび》の馬子唄《まごうた》」と抱き合わせの第八回講談倶楽部賞受賞作になった。海音寺の積極的な支持があったから、受賞したのだ。

のちに、その日の最終選考会について回顧した海音寺は、エッセイ「司馬君との初見参」（「三友」昭和四十二年十月二十日　第六十号）の中で、概略、つぎのように書いている。

「ペルシャの幻術師」は、蒙古が支配していた時代を書いたもので、幻想的な面白さに満ちた作品であった。ぼくは五人の選者の中の一人であったが、しんから惚れた。

しかし、日本の作家はだいたいにおいてファンタジックなものが好きではない。そんなものは童話のもので、大人のものではないと思っているようである。また日本以外の土地を舞台にしたり、日本人以外の者を主人公にしたものも好きではないようである。場所は日本国内で、主人公は日本人というのが好みのようである。

つまり、自然主義時代の日本的リアリズムがいまだに支配的なのである。そのような特殊なリアリズムは、とうの昔に揚棄されたといわれているが、それは文学論の上だけのことで、実際にはまだ根強く支配している。作家のおおかたがそうである。評論家たちと一緒に小説の選考にあたったことがあるが、日本自然主義リアリズムを基準にしているのにはその根強さに驚いた。

このリアリズムの寸尺は、平凡人の平凡な経験範囲である。この平凡をもって、すべての文学作品を測定する。歴史小説すら現代の常識人の常識をもって測定される。日本の現代文学が矮小《わいしょう》にして箱庭的であり、英雄や天才を描くことができないのは、主としてここにあると、ぼくは思っている。壮大なロマンを書くことの好きな作家は、日本では不幸である。

さて、司馬君の「ペルシャの幻術師」は、他の選者たちが好まず、畷文兵君の作品を推した。畷君の作品も優れているので、司馬君の作品がないなら、ぼくもこれに同調したにちがいないが、ぼくの目には司馬君の作品が数段上のように見えてならない。

このように書いたあとで、

ぼくは執拗な性格ではないつもりだが、のちにその時の速記録を読んで、顔が熱くなった。知らず知らずに、執拗かつ頑強になったのだ。一人一人を各個撃破的に口説いて、ついに雑誌のほうで二篇当選ということを認めてくれるなら、この作品を認めようというところまで漕ぎつけた。

この海音寺の回顧文を読んだあとで、「講談倶楽部」(昭和三十一年五月特大号)に掲載された銓衡《せんこう》座談会についての記事(海音寺がいう速記録)を読んでみて、わたくしが驚いたのは、海音寺以外の選者たちにとって、「ペルシャの幻術師」がまったく理解の埒外《らちがい》にあるということだ。この作品のような幻想小説を読んだことがなかったり、矮小な日本的リアリズムの強い影響を受けている選者たち（大衆作家といえども）には、理解することが不可能なのである。

特に印象に残るのは選者の源氏鶏太である。のちに、サラリーマン小説で名声をはせた源氏は理解どころか、好感情を持つことができず、「ペルシャの幻術師」と「遠火の馬子唄」が抱き合いの当選作に決まると、発表順位を「遠火の馬子唄」のほうを先にあげるように注意をうながしている。

そのつぎに同人雑誌「近代説話」（創刊号）に発表された幻想小説「戈壁《ゴビ》の匈奴《きょうど》」（短編集『ペルシャの幻術師』文春文庫に収録）も、一人の日本人も登場しない異色作であった。十三世紀の匈奴の英雄、成吉思汗鉄木真《ジンギスカンテムジン》が、中央アジアの東疆《とうきょう》のオアシス国、西夏《せいか》を攻めて、その公主で、絶世の美女、李睍《リーシエン》を手に入れる物語である。

「戈壁の匈奴」を読んで、大いに感動した海音寺は直木賞の選考委員を務めていたので、推薦しようと考えたが、「ペルシャの幻術師」と同様に、日本が舞台でなく、日本人が登場しないことを考えて、直木賞の選考委員会ではあえて推薦しなかった。

「ペルシャの幻術師」と「戈壁の匈奴」が海音寺から高い評価を受けたことを、後年、知った司馬は、つぎのように書いている。

海音寺さんにとって私の年齢は、氏の息子さんであっても不自然でないほどの後進である。私が中学生のころ、氏はすでに堂々たる大家であり、生涯このようなひとに会えるとはおもえないほどに遥かな存在であった。

私は三十になって小説のまねごとをはじめた。最初に書いた小説は、モンゴル人とペルシャ人しか出てこない小説で、小説というよりそれができそこなって叙事詩のようなものになってしまった。ところがそれが氏の目にとまり、小説の概念をひろげた見方で、なにがしかの取柄をほめてくださった。そのあと私は、モンゴル人とタングート人しか出てこない小説を書いてしまった（このころ、私はちゃんと日本人の出てくる小説が書けないのではないかと自分自身に対してくびをひねっていた）が、その小説までがお目にとまり、そのうえありえぬほどの幸福なことに、それについて毛筆で長文のほめことばをいただいたことである。

私は少年のころ、いわゆる匈奴といわれる人種に興味をもった。匈奴が東洋史上数千年のあいだ北方の自然に追われてときには南下し、さらには漢民族の居住地帯の文化と豊穣にあこがれ、それを掠奪すべく長城に対してピストン運動をくりかえしてきた歴史と、その人種の、歴史のなかでの呼吸のなまぐささをおもうとき、心がふるえるようであった。

もしそういう自分の気持が文章にできるとすれば、寿命が半分になってもいいとおもったりした。小説を書きはじめたとき、それを書きたかったが、しかしそういう情念が小説になりうるはずがないし、第一、人種そのものが小説の主人公にならない。なったためしもないし、小説という概念のなかにはそんな考えかたはふくまれていないのである。しかし私としてはなんとかねじまげてでもそれを小説らしいものにしたかった。それを、ともかくも小さいながら書いてみたのが、氏から激励のお手紙をいただいた第二作であった。小説通の友人が、これは小説ではなく別なものだ、といって私を落胆させたが、落胆のあと、氏から望外の手紙をいただき、胸中、非常な蛮勇がわきおこった。小説には小説という概念がある、小説の概念にあてはめて小説を書くのは概念の奴隷になることであり、こんなつまらぬことはない、せっかく小説を書くうえは概念から自由になるべきだという自己流の弁解を自分にほどこし、やっと書きつづける勇気を得た。その勇気を得させてもらった唯一のひとは、氏であった。もし路傍の私に、氏が声をかけてくださらなかったら、私はおそらく第三作目を書くことをやめ、作家になっていなかったであろう。（海音寺潮五郎・司馬遼太郎共著『日本歴史を点検する』「あとがき」講談社文庫）

司馬は既成の小説概念にとらわれることをきらい、自在に独自の小説を書こうと心がけていた。当時、無名のかれの才能を最初に認め、作家として世に送ったのは、海音寺である。司馬はその期待にこたえるべく精進をつづけ、終生、既成の小説形式にしばられないで、創作活動にはげんだ。

先輩にあたる作家の海音寺は、若いころから、マスコミ化した大衆文学が通俗化し、行きづまった原因は、素材の貧困と様式の定型化にあることに気づいており、大衆文学の行きづまりは、表現や技法を純文学に近づけることだけでは打開できないので、大衆文学のジャンルをひろげ、そのパターン化を打破すべきだと考えていた。

そこで、同人雑誌「実録文学」「文学建設」を創刊し、大衆文学・歴史文学論と歴史小説を書き、理論と実践の一致に努めるとともに、歴史・時代小説だけでなく、史伝、中国もの、幻想小説など各分野の作品を率先して手がけ、大衆文学、歴史文学の幅をひろげ、奥行きを深めた。

海音寺が「ペルシャの幻術師」を強行に推薦したのは、かれ自身が「崑崙《こんろん》の魔術師」「天公将軍張角《ちようかく》」「妖術《ようじゆつ》」などの幻想小説を若いころから書き、その中に魔術師、妖術師、幻術師を主人公、舞台まわしとして登場させているからだ。

司馬が「ペルシャの幻術師」「戈壁の匈奴」などの異色作を創作したのは、国際的な幹線道路であった大道がシルクロードを通じてユーラシア大陸の中国、モンゴル、ペルシャなどにつながっていたという歴史認識を少年のころから、成長するにつれて、培ってきたからにほかならない。

前述したように、一九五九年（昭和三十四年）の九月、司馬から『梟の城』を送られた海音寺は、読み終えた時、作者が天才かもしれない、と感動した。

この長編は、信長の伊賀《いが》攻めで被害を受けた伊賀忍者、葛籠重蔵《つづらじゆうぞう》、風間五平《かざまごへい》の異なる生きかたや対立抗争を通して、伊賀、甲賀《こうが》忍者たちの虚虚実実の戦国乱世絵図に幻想性を加えて映し出している。

海音寺は「梟の城」についての選評（「オール讀物」昭和三十五年四月特大号に掲載）で、つぎのように書いている。

> この人の作品は数年前から見ていて、ゆたかな才能と常に独自な道を歩こうとする態度に大いに望みを嘱していたのであるが、昨年の秋、「梟の城」が単行本となって出たのを読んで、ついに決定打が出たと思った。今期はこの人になるに相違ないと信じた。何よりも、この人のものには、「梟の城」にかぎらず、人を酔わせるものがしばしばある。これは単にうまいとかまずいとかいうことと別なものである。選考会の席上でも言った事だが、吉川英治氏の若い頃の作品と似たものがある。みずみずしい情感と奔放華麗な空想力がそ

れだ。なおまたこの人には近頃の若い時代もの作家の多くに欠けている知識がある。その為に、歴史にたいする解釈なども独自なものを持ちながらすぐ底の割れるような浅薄さがない。最も期待してよい人を直木賞作家として迎え得たことを、ぼくは何よりもうれしく思う。

この選評が雑誌に掲載される約二カ月前の一月二十一日、第四十二回直木賞選考委員会が開かれた時、海音寺は「梟の城」の時代背景となっている歴史への学殖《がくしょく》と解釈が独自のもので、読者を酔わせる文章力があり、それはこの小説の忍者の幻怪な世界と奇怪な行動を描くに最もマッチしているため天才だけが書ける作品だ、と力説した。

この海音寺の発言に対して、吉川英治は、「梟の城」の考証、引例が学者じみているし、奇想のロマンなら、それで徹底すればよかった、とかなりつよい反対意志を表明した。

その時のことを後年、ふりかえった海音寺は、つぎのように述べている（「司馬君との初見参」「三友」昭和四十二年十月二十日　第六十号）。

「どうして先生がこの作品がお気に召さないのか、ぼくにはわかりませんなあ。この人の作風はお若い頃の先生を髣髴《ほうふつ》とさせますよ」と、ぼくが言うと、「だから、いやなんだ」

と言った。その気持ちはわからないではなかったから、ぼくは苦笑して黙った。吉川氏はなおこう言った。「この人は才気がありすぎる。歴史の勉強が不足だ。もっと歴史を勉強しなければ」ぼくは心中、(先生よりたしかですよ。勉強しているだけでなく、自分のものにしていますよ)と思ったが、それは言うわけには行かない。いろいろとねばったが、落ちるのではないかとはらはらした。しかし、吉川氏以外には買っている人が多かったので、ついに当選ときまった。いろいろな雑誌の小説の選者をしたり、直木賞の選者になってから十年にもなると思うが、こんなにうれしかったことはない。

司馬の作風が若いころの吉川のそれをほうふつとさせるという海音寺の発言に、吉川は、かつての若いころの自画像を見せつけられたような複雑な気持ちになったにちがいない。

このように「ペルシャの幻術師」と「梟の城」、いずれも、海音寺のつよい支援がなければ、落ちるところであった。司馬は海音寺のおかげで世に出たのだといえよう。

▼大道設置、海路開発の功労者、蘇我馬子《そがのうまこ》とゆかりのある司馬

前述したように、司馬遼太郎の生家に沿って竹内街道が西走していたので、かれにとって、ユーラシア大陸の東西の文明、文化の架け橋となったシルクロードは、少年のころからつづく

最大の関心事であった。

一九七一年（昭和四十六年）、司馬は「街道をゆく」の取材で、イギリスの若い日本語学者、ロジャ・メイチンとともに竹内を訪れたのち、つぎのように書いている。

「なぜ竹内街道がシルク・ロードですか」

というメイチン君の問いに、私は答えることができる用意がほんのすこしできた。竹内峠を越えれば、河内国《かわち》である。そのむこうに大阪湾がひろがっており、さらに瀬戸内海の水路を通じて九州から海外へつながっている。このルートをつたわって、鉄製の武器を「細戈千足《くわしほこちたる》」ほどにふんだんに――といってもせいぜい数百本？――もってきた連中が大和を制して古墳時代の王朝を樹立したにちがいない。それはともあれ、この道をまず鉄が通ったことが重大であった。

さらに五世紀後半ごろから、王家をしのぐほどの勢力を占めた蘇我氏も、この葛城山麓から高市郡《たかいちぐん》の一角までが勢力圏だったらしいが、この古代勢力の特徴は大陸と交通して開明主義であることであり、さらには歴世、大陸との交通や貿易を独占し、また傘下《さんか》に帰化人の技術者をあつめて上代における最初の産業勢力を形成したことであったろう。その蘇我氏にとって竹内街道が大陸への動脈であったことは、まぎれもない。（「葛城山」『街道を

ゆく1　湖西のみち、甲州街道、長州路ほか』朝日文庫）

ここでは、この引用文を参考にしながら、わたくしが調べたことを補足して、述べてみたい。大道が設置される以前の古墳時代、大和盆地の竹内峠を越え、河内国に入ると、そのむこうに大阪湾がひろがり、さらに瀬戸内海、そして、九州から海外へつながっていた。

このルートをつたわって、満洲（現・中国東北部）と朝鮮から渡来した騎馬民族の末裔、御真《みま》木入日子《きいりひこ》（のちの崇神《すじん》天皇）は、鉄製の武器を「細戈千足」（立派な武器を数多く備えているという意味）ほどに持つ集団を率い、筑紫《つくし》（現・北九州）、瀬戸内海沿岸に沿って、難波ノ津（港）に上陸している。

難波ノ津から、堺金岡《さかいかなおか》（現・大阪府堺市北区金岡町）に南下し、そこを直角に東に折れて、河内国から、大和の竹内峠を越え、大和国を制覇して、古墳時代の崇神王朝を樹立したに相違ないという。司馬は江上波夫《えがみなみお》の〝騎馬民族日本征服説〟をふまえながら推定しているのである。

御真木入日子が、鉄（鉄製の武器）による武装集団を率い、大和を制覇し、古墳時代に崇神王朝を樹立したことに着眼し、その道をまず鉄が通ったことを重視しているのは興味深い。

さらに、五世紀後半ごろから、崇神王家をしのぐほどの勢力を占め、葛城山のふもとから高市郡のあたりまで勢力圏を拡大した蘇我稲目《そがのいなめ》は、大陸貿易と多数の田荘《たどころ》（田地《でんち》と家や蔵）づくりで富をたくわえる他方で、自分の娘、堅塩媛《きたしひめ》（蘇我馬子《うまこ》の妹）を欽明《きんめい》天皇の皇后にさせた。その子、馬子は、女帝、推古天皇の即位を実現させている。

それ以来、権力を得た馬子は、推古天皇の摂政《せっしょう》、聖徳太子《しょうとくたいし》を利用し、政治をおこなって勢力を飛躍的に増大させる。ちなみに、蘇我氏の遠祖は、朝鮮半島からの渡来人、帰化人とされている。稲目の父の名は、高麗《こま》、祖父の名は、韓子《からこ》であり、そのルーツをたどると、朝鮮の高《こう》句麗《くり》（日本では高麗《こうらい》とよんでいた）に求めることができる。

ところで、蘇我一族の莫大《ばくだい》な利益につながった大道を設置したのは誰なのか、調べてみると、それは馬子であることがわかる。

高句麗は、鉄の技術国で、その鍛冶《かぬち》（韓鍛冶《からのかぬち》）の技術が優れているのを知った馬子は、いちはやく導入し、韓鍛冶の新技術を倭鍛冶《やまとのかぬち》に受け継がせている。

馬子がつくった大道は、高句麗の鍛冶の技術導入による大土木工事用の鉄製工具なしには考えられないからだ。しかも、高句麗からの渡来人、帰化人による技術集団にそれを使わせたのである。当時は、かれらの頭脳と技術にたよらざるをえなかった。

大道を設置した時期については、『日本書紀』の推古天皇の二十一年（六一三年）十一月条に、

　掖上池《わきのかみのいけ》、畝傍池《うねびのいけ》、和珥池《わにのいけ》作る。又難波より京《みやこ》に至るまでに大道《おほち》を置く。

と、記載されている。

推古天皇の二十一年十一月、掖上池など三つの灌漑《かんがい》用水の池をつくったという。飛鳥にあった大和朝廷は、水稲《すいとう》（水田で栽培する稲）を財源として成立していたため灌漑用の池をうがつことが重要な事業であった。それをおこなったのが馬子であり、大道づくりを取り仕切ったのも馬子であった。

『日本書紀』の記載で注目していただきたいのは、当時の京は飛鳥だったので、

「京より難波に至る」

と、記されるのが当然なのだが、

「難波より京に至る」

と、記述されていることである。

それは、大和朝廷の玄関口である難波ノ津（港）に迎え入れる外国の使節、渡来人たちを通して、ユーラシア大陸の異文化、異文明を積極的に受け入れようとする意図がこめられていたのである。

大道の設置時期、その他については、先にあげた岸俊男の労作『日本古代宮都の研究』が参考になる。

大和盆地南部の大道づくりの大土木工事は、飛鳥より東の桜井（現・桜井市外山）と西の當麻町長尾（現・葛城市長尾）の間、約十三キロの横大路の敷設《ふせつ》からはじまっている。

つぎに、當麻町長尾から堺金岡（現・大阪府堺市北区金岡町）まで西行し、そこから直角に北上して、難波ノ津（港）に至るまでがつくられた。

この陸路《くがじ》の大道設置を終えると、馬子は父親の稲目が着手し、中絶していた海路の瀬戸内海コースの開発をおこない、それを完成している。

難波ノ津から海路に入り、播磨室ノ津《はりまのむろつ》（現・兵庫県たつの市御津町）、備前児島ノ津《びぜんのこじま》（現・岡山県倉敷市児島）、早鞆《はやとも》ノ瀬戸（現・関門海峡）を経て、筑紫ノ那大津《つくしなのおおつ》（現・九州の博多《はかた》港。難波ノ津とともに、〝西海之路《にしのうみつじ》〟の要衝であった）に至る。

この九州の筑紫ノ那大津から、壱岐《いき》、対馬《つしま》を経て、朝鮮半島西沿岸、渤海《ぼっかい》湾から山東半島に至るコースと、対馬海峡、東シナ海、揚子江《ようすこう》（現・長江《ちょうこう》）の河口に至るコース、そのいずれかを利用し、ユーラシア大陸に入り、はるか西方のコンスタンチノープル（東ローマ帝国の都）まで、シルクロードを経て、むすばれていた。

鉄製の武装集団を率いて、大陸から渡来した御真木入日子が通った道のルートと、その後、推古天皇の時代に設置された大道（江戸時代のころから、竹内街道とよばれるようになったと推定されている）のルートは、ほぼおなじで、シルクロードに通じていたことに気づいた司馬は、ロジャ・メイチンから、「なぜ竹内街道がシルク・ロードですか」と問われて、それに答える用意がほんのすこしできたのである。

ここで記憶しておいていただきたいのは、御真木入日子の率いる武装集団が通った道は、粗末で整備されていなかったことや、難波ノ津（港）から飛鳥の京へは、大和川とその上流の初瀬川《はせがわ》を船で利用し、つば市《いち》（海石榴市《つばいち》。現・桜井市三輪《みわ》付近）に上陸するほうが早かったことである。

したがって、推古天皇の十六年（六〇八年）四月、隋の煬帝《ようだい》の特使、裴世清《はいせいせい》が飛鳥を訪れた時、大和朝廷は三十艘《そう》の飾り船を淀河《よどがわ》の河口に出して迎えたあとで、大和川、初瀬川を経て、つば市に、特使の一行を上陸させている。

そこでは、華麗に着飾った騎兵七十五騎が出迎えた。当時のつば市は大和で最もにぎやかな場所で、広場に物を交換する市《いち》が立ち、大勢の人びとが集まった。

文明・文化の進んだ隋からの遠客にたいして、あたかも、こんにちの東京銀座のようなつば市に飾り馬を用意し、歓迎の演出をしたのは、倭《わ》（当時の日本）が野蛮で未開の国ではないことを裴世清一行に知らせたかったのである。

つば市から、京の飛鳥の小墾田宮《おはりだのみや》まで、華麗な騎馬隊に護衛された裴世清は、推古天皇に拝謁している。

特使の歓迎のすべてを取り仕切ったのは馬子である。かつて、御真木入日子が通った道は、異国の特使が通るにはあまりにも粗末な道だと考えた馬子は、裴世清が訪れたのをきっかけに、大和朝廷の威信と巨額の費用をかけ、六年の歳月を費やして現代の高速道路のような大道を設置したのである。

後年の持統《じとう》天皇の八年（六九四年）につくられた藤原京《ふじわらきょう》と、元明《げんめい》天皇の和銅《わどう》三年（七一〇年）の平城京《へいじょうきょう》では、その建設にあたって大道のような直線道路が基準にされている。

蘇我馬子は大道設置、海路の瀬戸内海コースの開発に尽力した功労者である。だが、皇室との婚姻関係を利用し、外戚《がいせき》としての権勢をほしいままにふるった。父の稲目と協力して妹の小《お》姉君《あねぎみ》を欽明《きんめい》天皇と結婚させ、二人の間に生ませたのが崇峻《すしゅん》天皇である。そのうえ、あろうことか、崇峻帝を暗殺している。日本史上、最初の大逆《だいぎゃく》事件である。

歴史家、林屋辰三郎《はやしやたつさぶろう》は、司馬遼太郎との対談で、崇峻天皇が馬子に弑《しい》された最大の原因について、概略、つぎのように述べている。

崇峻天皇はかつて、日本が統治していた任那《みまな》を復興するという名目で朝鮮に出兵しようとした。それは、側近の将軍たちに踊らされたのだ。朝鮮半島の情勢をつかんでいる開明的な馬子は、今は出兵する時期ではなく、それよりも国内の体制（律令制）づくりを優先すべきだと考えていた。その大切な時期に将軍たちに、たきつけられた天皇が外征しようとしているので、やむなく暗殺した。

だが、あの事件は蘇我馬子の野心ということで悪玉にされるのがふつうだが、それでは少しかわいそうである。（「蘇我氏なら出兵しなかった」『歴史の夜咄』小学館文庫）

それにたいして、司馬は、

「私の母方の祖母の実家というのは蘇我氏の直系と称してきた百姓です。（笑）蘇我氏の話をしていると、なんだかへんな気持ちになってきたな。それは別として、天智帝の政権が白村江で敗れたのち、日本は同盟軍だった百済人をおおぜい迎えいれた。それだけじゃなしに、すぐそのあとで滅亡した高句麗の人間もこれは渡来人としてよりも帰化人として迎えいれる。勝ったはずの新羅からまで、このころ日本へどんどんやってきておりますな」


と、語っている（前掲書）。

ちなみに、司馬の祖母シカ（河村竹蔵《かわむらたけぞう》の妻）の実家、西川家は、奈良県大和高田市礒野《いその》で、代々、農業を営む豪農である。明治のころまで、礒野村の大部分の土地を所有していた。大和高田は、河内の太子町《たいしちようかすが》春日（現・大阪府南河内郡太子町春日）と同様に、こんにちでも蘇我氏の末裔、縁者の多くが居住している。

かつて、大和高田から太子町春日にかけての一帯は、蘇我氏一族の本拠地であったので、その地帯をつらぬくかたちで大道を設置し、大和盆地の交通の要衝にした理由がうなずける。

二〇〇一年（平成十三年）六月、わたくしは太子町立竹内街道歴史資料館に、その当時の館長、上野勝己《うえのかつみ》氏を訪れた。その時、蘇我氏と西川家とのゆかりについてたずねると、郷土史家でもある上野氏は、

「朝鮮からの帰化人を祖先とする蘇我氏は、大和の當麻《たいま》の地とその周辺をおさえていた葛城氏を従属させ、地盤をうばったのち、しだいに領土を拡大しているので、この辺の太子町から大和高田市にかけては、蘇我氏と血縁関係がある人たちがたくさん住んでいる。だから司馬さんのおばあさんが蘇我氏とゆかりがあるというのは不思議ではない」

という。そして、大道についてはつぎのように語った。

「大道（竹内街道）の北側に並行して通っている現在の長尾街道のほうが、京の飛鳥へのコースとしては最適であった。長尾街道の田尻峠と大道の竹内峠の高さをくらべると、長尾街道のほうが格段に低いことがわかる。

それなのにあえて、工事に経費と手間を要するコースを選んだのは、大道を通す大和高田、太子町春日の一帯が、当時の権力者、馬子の本拠地なので、国際的な幹線道路が通るようになると、その土地が大いにうるおうことになる。そこで、馬子は政治力を発揮して本拠地に大道を通したのだ」

この逸話を聴いた時、わたくしが想起したのは岐阜が生んだ政治家、大野伴睦《おおのばんぼく》が政治力によって地元の野っ原に強引に、岐阜羽島駅を設置し、東海道新幹線を通した話である。古代、現代においても、権力者のやることは変わらないといえよう。

わたくしは上野館長と別れたのち、東京への帰途につくため太子町春日から、竹内街道を経て、近鉄の磐城駅に向かった。

時あたかも、夕映え時で、落日が左手の二上山《ふたかみやま》のかなたに沈みつつあり、雄岳《おだけ》（五一七メートル）、雌岳《めだけ》（四七四メートル）、二つ瘤《こぶ》の駱駝《らくだ》の背中をおもわせる、美しい二上山のたたずまいが茜雲《あかねぐも》の中に、屹立《きつりつ》していた。

その落日の美観に目をうばわれながら、折口信夫《おりくちしのぶ》（釈 迢空《しやくちようくう》）の名作『死者の書』の郎女《いらつめ》（中将姫《ちゆうじようひめ》）と大津皇子《おおつのおうじ》にまつわる中将姫説話を偲《しの》んだ（雄岳の頂上には大津皇子の墓がある。皇子は天武《てんむ》天皇の第三皇子で、文武に長じ、心服する者が多かったが、皇位継承問題の矢面《やおもて》に立たされ、天武天皇の死後、謀叛《むほん》の嫌疑で捕えられて非業の死を遂げた。二上山のふもとに近い竹内街道を通過すると、その左手に、中将姫ゆかりの当麻寺《たいまでら》がある)。

第二章
〝辺境史観〟によって、遠い祖先のルーツをさぐる

渤海

韃靼

貊

獫狁

蠕蠕

▼司馬少年を魅惑した奇怪な漢字と辺境の少数民族

司馬遼太郎（本名、福田定一《さだいち》）は、大阪市立難波《なにわ》塩草尋常《しおぐさじんじょう》小学校（現・大阪市立塩草小学校）の五年生になった時、奇怪な感じを受ける漢字にとりつかれてしまう。父、是定《しじょう》が持っていた中国全図の地図と、中学生の姉貞子《さだこ》が使っていた『中等世界地図』を見ている時、ユーラシア大陸の中でアジアの部分がかぎりなくおもしろかったという。渤海《ぼっかい》、韃靼《だったん》などのめずらしい漢字に興味がわいてきたからだ。中国の辺境の地名が多かった。その当時をふりかえって、つぎのように書いている。

渤海沿岸や朝鮮北部の海岸で漁労していた連中はムジナ扁《へん》で、貊《ばく》とよばれた。似た地帯に獩《あい》というのもいた。（中略）

勢力のある異民族に対しては、さすがに犭や豸はつけないが、決していい文字は選ばない。

漢帝国が倒れてから華北を占拠した五つの遊牧民族は、匈奴《きょうど》、羯《けつ》、鮮卑《せんぴ》、氐《てい》、それに羌《きょう》であった。羯はいまの山西省で遊牧していた連中だが、文字では人偏《にんべん》にされず、羊偏である。氐はひくいとか賤しいとかという意味があるが、ケモノでないだけましであろう。

羌も、文字の上部が羊だが、下部は人を意味するから、まだ結構といわねばならない。

当時の私の夢想は、漢民族からこういう奇態な文字をかぶせられた民族を、ちょうどいまの子供が宇宙人をおもうような感じでさまざまに想像することだった。文字が奇怪なだけに、宇宙人への想像よりも、私には刺激的だったように思える。たとえば狄《てき》などという文字の形のよさといい、音《おん》の金属的な快さはどうであろう。狄は漠然と北方の非漢民族をさす言葉だが、文字に「犬のようなやつら」という気分がある。犬のように素早く、犬のように群れをなし、犬のように剽悍《ひょうかん》で、犬のように中国文明に無知であるというところに、草原を駆ける狄の集団の、たとえば蒼穹《そうきゅう》を虹のつらぬくようなたかだかとした爽快さが感じられないか。(「新潟から」『街道をゆく5　モンゴル紀行』朝日文庫)

小学校の低学年のころ、父是定から漢文素読をまなび、漢文に親しむ少年だったので、渤海という奇妙な名前の土地に、貊、獩という奇怪な漢字をつけられて住む民族(のちにふれる靺鞨《まっかつ》族《ぞく》、高句麗族《こうくりぞく》、女真族《じょしんぞく》、満洲族などのツングース《ツングース》系の先祖にあたる)にひかれ、想像力を刺激させられたのだ。

豸(ムジナ偏)がついて、貊、獩とよばれた人びとに、子供のカンがはたらき、野蛮人ではなかろうか、とおもい、かれらは漁労の他に鉄器を使う狩猟生活を送っていたのではないか、と直感的に感じたという。

地図によってそれらのふしぎな漢字を見た時は読みかたも意味もわからなかったが、のちに少年期を過ぎるころ、調べてわかったのは、渤海（八～十世紀の中国東北地方の東部、ロシアの沿海州、朝鮮民主主義人民共和国の北部にまたがる大国）の海岸で、狩猟・牧畜・漁労生活を送っていた貊、貘が、中国の漢民族（約五千年前に黄河《こうが》の上流地域から中国北東部に移住して以来、独自の文化を形成し、その中心となっている民族）から儒教文明のそとにいる野蛮人とみなされ、ムジナ偏をつけられて人間あつかいされていなかったことである。

漢字の起こりからいうと、豸というムジナ偏は、獣《けだもの》が背を長くし、高めて獲物《えもの》に襲いかかろうとするさまをとったもので、そういう連想により豹《ひょう》、貂《てん》などのたぐいのけものの文字ができたこと、そして、昔から、文明人としての誇りをもつ漢民族は、貊、貘を半獣的な生き物とみなしていたこともわかったという。

中国の漢民族は、儒教を重視し、それを中心とする文明を形成してきたため、儒教が周辺の民族の文化よりもはるかに優れており、中国が世界の中央に位置する文明国だ、という意識を持ちつづけてきた。いわゆる中華思想である。

自分たち漢民族は華《か》（文明）だが、周辺の異民族は夷《い》（野蛮）であり、文明と野蛮という儒教的な対比で、他民族とその異文化を見てきた。この中華思想が他民族の名を漢字にする時、けものとしてさげすんだ文字をつくって、当てはめたのである（後述する「韃靼疾風録《だつたんしつぷうろく》」は、〝文明〟と〝野蛮〟という対照的なテーマについて描いた、意欲的な長編小説である）。

犭（ケモノ偏）の北狄《ほくてき》、獫狁《けんいん》、虫（ムシ偏）の蠕蠕《ぜんぜん》、卑しみの意味をこめた鮮卑《せんぴ》や匈奴《きょうど》、などモンゴル民族の祖先とおぼしき辺境の遊牧・騎馬民族は、中央の漢民族の文明に反発し、それを受け入れようとしなかったために、野蛮人あつかいされ、奇怪な文字をつけられてきた。

子供のころは、歴史知識がなかったので、ふしぎで妖《あや》しい感じのする漢字をつけられた土地や民族の名前を見ても、文字が奇怪なだけに、宇宙人への空想よりも刺激的で、かれらを想像しながら霧のような夢想の世界にひたりきっていたのである。

これらの中国辺境の少数民族（万里の長城の外の非漢民族）にひかれ、成長するにつれて中央の漢民族の中国よりも、辺境の少数民族への関心を深めるようになり、漢民族から野蛮人あつかいされてきた、かれらにあわれみの気持ちと敬愛の念をいだくようになったという。

のちに作家となった司馬遼太郎は、万里の長城外の北方にひろがる広大なモンゴル高原で、数千年にわたって自分たちの歴史（記録）を残そうとせず、消えてゆくことをくりかえしてきた北狄、匈奴などモンゴル民族の祖先とおぼしき北方の遊牧・騎馬民族に、いっそうの関心を持った。

その広大なモンゴル高原の南部は、黄河《こうが》流域を越えて、オルドス（現・中国内モンゴル自治区の西部）にいたる地域で、そこには羊がよろこんで食べるニラ系の草が生えているので、古代から北方の遊牧・騎馬民族が南下してくる草原の一等地であるという。

司馬は、『シルクロード　絲綢之路　第六巻　民族の十字路　イリ・カシュガル』（日本放送出版協会　昭和五十六年）の「西域行」の節の中で、つぎのように述べている。

遊牧の適地である草原というのは、元来、地面が固いのである。数センチ置きに、指ほどの長さの草（多くはニラ系）がはえており、湿潤で地面のやわらかい日本の草っぱらのように丈《たけ》なす草が水分をたっぷり吸って密生しているわけではない。漢族というのは古来、オルドスの耕地化に関心をもっていた。歴史的に、騎馬民族の勢いがおとろえると、長城内部から流れ出た農民が、鍬《くわ》を突っこんで固い表土を掘りかえし、やわらかい土の畑にした。が、掘りかえされた土はすぐ乾き、風がそれらをふきとばして、沙漠になってしまうのである。いったん沙漠になれば、もとの草原には決してもどらない。

この愚を、漢民族は古くから繰りかえしてきた。匈奴など騎馬民族はみずからの歴史を書くことがまずなかったため、かれらの南下と侵略が悪として中国史に書かれてきた。「匈奴」という雅ならざる文字の当て方一つを見ても、農耕民族のかれらへの感情がわかるであろう。しかし騎馬民族の側からいえば、南下はかならずしも侵略ではなく、充分な理由があった。

かれらは、

「行国」

なのである。冬、北方の草が枯れると、南下して南方の「予定地」にいくのだが、そこが漢民族の鍬で掘りかえされていたりすると、そこまでやってきた部族もその家畜たちも餓えざるをえない。そのことでの憤りが、かれらをさらに南下させて漢民族圏に侵入させ、その穀物をうばわざるをえなくなってしまう。

かれらは、草を欲し、地を欲しなかった。地を欲しなかったからこそ、紀元前二〇〇年の晩秋、匈奴は劉邦《りゅうほう》を包囲しつつも、ごく淡白にその脱出を黙過した。ともかくも匈奴は、地よりも草を欲した。匈奴の側からいえば、草原を掘りかえす漢民族に対して恒常的な憎しみがあったといっていい。

したがって、司馬によると、オルドスは、牧草地に依存する遊牧・騎馬民族と、そこをたがやそうとする農耕民の漢民族が、はげしくあらそってきた争奪地で、いわば、両者はオルドスという地帯が生む異なる果実をめぐって、はるか昔から抗争をくりかえしてきたのだという。

その結果、記録を重んずる漢民族によって書きつがれてきた中国三千年の歴史には、匈奴をその典型とする遊牧・騎馬民族は、長城を乗り越えて漢民族の農耕地帯に侵入する〝わるいやつら〟として記録されているが、農耕民の漢民族が長城の外のモンゴル高原に侵出し、その土壌を掘りかえしてきた害悪については一行も書かれていないという。

そして、漢民族が遊牧・騎馬民族を北狄、匈奴といった差別的なよびかたをしたり、〝わるいやつら〟と一方的に決めつける感情の根底には、文明の中心であった儒教が、〝農〟をもって基盤とし、〝遊牧〟をもって、〝夷狄《いてき》（野蛮人）〟とみなしていたということがある。

子供のころから成長期にかけて、中国の辺境の少数民族、特にモンゴル人に関心を持っていた司馬遼太郎は、一九四二年（昭和十七年）四月、国立大阪外国語学校（現・大阪外国語大学）蒙《もう》古《こ》語部に入学し、〝塞外《さいがい》の民族〟（万里の長城の外の遊牧・騎馬民族）への関心を、いっそう深める。

その当時を回顧して、つぎのように書いている。

> 小説を書こうとは思わなかったのですが、いわゆる「塞外の民族」の集団としての運命に強い関心を持ったように思います。沙漠化してゆく草原の変化に追われ、漢民族の居住地帯に入るべく、中国数千年の歴史時間のなかで、長城に肝脳を血まみれにしては加えつ

づけたピストン運動というものに強い悲哀を感じてしまって、「もし彼ら民族の心というものが書ければ、いつ死んでもいい」と思うほどの気持がありました。学生時代に歴史に対して文学的感動というものがあったとすれば、このことぐらいだったかもしれません。

(「年譜」『司馬遼太郎全集 第三十二巻』文藝春秋 昭和四十九年)

大阪外国語学校に在学している間には、多くの小説を読んだが、特に印象に残っているのは小田嶽夫《おだたけお》の「城外」であった。小田は国立東京外国語学校(現・東京外国語大学)を卒業後、外務省に入ったが、文学の夢を捨てきれないまま外務省の書記生として、中国の杭州《こうしゅう》の日本領事館に勤めながら小説を書いていた。だが、作家になる決意をして、役人をやめて領事館の時期の体験を私小説的な短編「城外」に書き、芥川賞を受賞した。

独身二十五歳の外務省書記生の私(重藤陽一)が杭州の日本領事館に赴任し、そこではたらく阿媽《あま》(女中)の桂英と愛し合い、離別する顚末《てんまつ》を、青春の哀歓ゆたかに描いている。

司馬はこの小説に感動し、青春の渇きをいやされたので、卒業後、外務省のノンキャリアで勤めて、張家口《ちょうかこう》(現・内モンゴル自治区に近い、河北省西北部にある辺境の町)の日本領事館の書記生となり、十年ほど勤務して小説を書いてみようという覇気《はき》がわいたという。

張家口の日本領事館の書記生になるためには、外務省のモンゴル語の試験に合格することが必要であったが、モンゴル語は自分の専攻語なので、自信はあった。書記生になれない時は、外務省の留学生として、内モンゴルのオルドスでまなびたいとおもった。

辺境の町、張家口に着眼したのは、そこがモンゴル高原に近く、オルドスの東方に位置し、万里の長城が築かれて以来、北方の遊牧・騎馬民族の中国への侵入口として、最も重要な地点で、小説に書きたい、とおもう北方の遊牧・騎馬民族と、南方の農耕民の漢民族との宿命的な抗争というテーマについて調べるには、最適のところであったからである。

だが、そのテーマを小説に書いてみたい、という夢は、卒業をひかえて学徒出陣のために、うとましい兵隊にとられることになり、はかなく消えてしまう。

一九四三年（昭和十八年）九月、学徒出陣によって、文科系大学生の徴兵猶予の恩典の取消の方針が決定され、翌年三月の卒業見込みを繰り上げて、仮卒業となったので、十二月には入営しなければならなかった。大阪市浪速区の区役所で徴兵検査を受けると、甲種合格であった。

エッセイ「風塵抄《ふうじんしょう》」を「産経新聞」に連載していた時期に、その担当記者であった福島靖夫あての手紙の中で、つぎのように書いている。

福島兄は、背が高くていいですね。私は、一六四で、兵隊検査の甲種合格の下限が一六三でした。ですから、甲種合格でした。子供のころから、中どころより高いほうにならんでいましたが、軍隊では、高いほうでした。なぜなら、戦車兵だったからです。陸の戦車も、海のセンスイカンも、できるだけ小さな人をえらんだような感じがします。（『もうひとつの「風塵抄」　司馬遼太郎＊福島靖夫　往復手紙』中央公論新社　平成十二年）

この手紙は、一九八九年（平成元年）五月のもので、つぎに引用するのは一九九三年（平成五年）十二月の手紙である。

弘前に行っていたら、というのは、歴史にifがなき如し。当時は、東洋史をやりたかったのです。しかし、後年、第二期校でモンゴル語とロシア語と中国《ママ》をやったという表を徴兵官がみて、小生をその地（それらの言語が話される地。つまり満洲）にやったようなのです。具体的には戦車科に入れられたのです。当時は、キカイにかこまれて、身の不運をかこっていました。満洲で訓練をうけて、同地の戦車第一連隊に就職しました。当時の大本営はこの装備完全な連隊を関東地方にもどして東京防衛にあたらせたのです。そして終戦。ふしぎな運命でした。

もし、ばくぜんと東洋史をやっていたら、歩兵になり、多くの他の友人がそうであったように、訓練学校を出るやいなやフィリピンなどの激戦場にやったでしょう。（前掲書）

戦車兵として満洲（現・中国東北部）に赴任するきっかけと経緯《いきさつ》は、その生涯に大きな影響を与えた。司馬の一生は、わたくしが調べれば調べるほど好運に恵まれていたという印象がつよい。

司馬自身も、運が好転する人間であることを自覚していたので、〝おれは運のいい男さ〟と、よく自慢していた、と従弟の塚本定治氏は、わたくしに語っていた。

二期校の国立大阪外国語学校の蒙古語部に入学する以前に、一期校の旧制大阪高等学校と旧制弘前高等学校を受験している。東洋史（獫狁、鮮卑、匈奴など辺境の少数民族についての研究）を専攻するつもりだったからである。だが、双方の受験に失敗しているものの、それも好運につながっていたことがわかる。

大阪外国語学校ではモンゴル語、ロシア語、中国語をまなんだのち、仮卒業となり、兵庫県加東郡河合村（現・小野市）青野ヶ原の戦車第十九連隊（中部第四十九部隊）に入営。翌年の一九四四年（昭和十九年）四月、満洲の四平《スーピン》（公主嶺《こうしゅれい》）陸軍戦車学校（神奈川県の機甲整備学校、千葉の戦車学校とともに、陸軍における戦車の下級指揮官の養成機関）の第十一期幹部候補生として、第一区隊（四十一名）に入隊した。

同年十二月、卒業後、見習士官として、東満洲の石頭《シートウ》（当時の牡丹江省《ぼたんこうしょう》のソ満国境に近い辺境の寒村であった。現・中国東北部の吉林省《きつりんしょう》）に駐在する戦車第一師団第一連隊第五中隊に赴任した。満洲に行かされたのは、そこではモンゴル語、ロシア語、中国語が使われていたからだ。

奇《く》しくも、この石頭のあたりは、いにしえの渤海国（八世紀から十世紀）の故地である。貊《ばく》、獩《あい》を遠祖とするツングース系の靺鞨族《まつかつぞく》は、渤海の国を建てたのち、それが滅びるや、韃靼《だったん》の地で、女真族《じょしんぞく》と称し、万里の長城を突破、侵入して、中国の明朝《みんちょう》を倒し、清朝《しんちょう》を樹立後、満洲族と名をあらためた。

子供のころ、渤海、韃靼という奇怪な漢字を見つけて以来、それにひきつけられてきたが、渤海、韃靼にゆかりのある石頭の地に赴任したのは、偶然といえようか。

石頭の戦車第一師団第一連隊はソ連にたいする防衛のために配置されたが、その時、すでにサイパン島、グアム島は、アメリカ軍に占領されていた。本土決戦を覚悟した大本営は、その切り札として、虎の子ともいうべきその連隊を石頭から、関東地方の佐野（現・栃木県佐野市）に引き揚げさせ、アメリカ軍との決戦にそなえた。だが、一九四五年（昭和二十年）八月十五日、司馬青年はその地で終戦をむかえている。

その後の一九五七年（昭和三十二年）五月、当時、産業経済新聞社文化部記者を務めていた時期に、大阪外国語学校入学直後から、悲哀と詩情を感じていた〝塞外の民族〟の心が書ければという切なる思いをこめて、匈奴《きょうど》の英雄、成吉思汗鉄木真《チンギスカンテムジン》を主人公にした短編「戈壁《ゴビ》の匈奴」を同人雑誌「近代説話」（創刊号）に発表する。

▼記録（歴史）を湮滅《いんめつ》された女真族（のちの満洲族）を描く「韃靼疾風録《だったんしっぷうろく》」

一九八四年（昭和五十九年）一月から、一九八七年（昭和六十二年）九月にかけて、長編小説「韃靼疾風録」が「中央公論」に連載された（のちに中公文庫に収録）。

それを読んだわたくしは、作者が大阪外国語学校在学中、小田嶽夫の「城外」に啓発され、書きたいとおもいながら、学徒出陣で断念せざるをえなかった小説のテーマ（オルドスを主な舞台に、北方の遊牧・騎馬民族と南方の農耕民の漢民族との宿命的な抗争）が、長い間にわたって、いわば潜熱化しているうちに変わってしまい、「韃靼疾風録」という伝奇小説のかたちで噴出したのではないか、と直感した。

「文明」と「野蛮」という対蹠《たいしょ》的なテーマによって、漢の時代以来、文明（儒教）を形成してきた農耕民の漢民族と、野蛮（夷《い》）とみなされてきた狩猟・農耕民族の女真族（のちの満洲族）の抗争を伝奇的な手法で描いていたからである。

ここでいう韃靼とは、一時期、靺鞨《まっかつ》とよばれた、のちの満洲族である。漢民族は、その辺境の地で鮭《さけ》の皮をはいでつくった衣《ころも》を着て漁労を営む野蛮人の少数民族がいるという軽蔑をこめ、革《かわ》偏の漢字を使ったのである。

「韃靼疾風録」は、その韃靼の女真族が、万里の長城を突破し、漢民族の明《みん》国を征服したのち、清《しん》国を形成する顚末《てんまつ》を映し出した、スケール壮大で、ロマンの興趣に富む意欲作である。

一九八八年（昭和六十三年）十月一日、「韃靼疾風録」は、第十五回大佛次郎《おさらぎじろう》賞を受賞した。十月四日付の「朝日新聞」（朝刊）において、司馬はつぎのように語っている。

「子どものころから、中国の周辺の国々の歴史が好きで、大阪外語学校でモンゴル語を勉強しました。モンゴルの小説を書きたかったけど、実際に行ってみると広くて、何もかも風のように散っていくようで小説にならない。それで、馬に乗って狩猟をしながら農耕をして豚も飼う女真人の方が人情が濃い感じがして登場させたんです」

この受賞の言葉で想起するのは、一九七八年（昭和五十三年）六月、わたくしが東大阪市下小阪の司馬邸を訪れた時、司馬が、

「島国の農業社会に生まれ育った人間の自分には、遊牧・騎馬社会のモンゴル民族の心について知ろうと努めてみても、それは無理なことだと考えると、空《むな》しい気持ちになります」

と、語ったことである。

それは、わたくしの耳朶《じだ》を打ち、今でも強烈な印象として忘れられない。司馬は、子供のこ

ろから、モンゴル人に関心を持ち、大阪外国語学校蒙古語部で、モンゴル語をまなんだが、遊牧・騎馬民族の心を知ることのむずかしさを痛感していたのである。

一九七三年（昭和四十八年）八月、はじめてモンゴル人民共和国を訪れた時、あらためてそのことを自覚したのであろう（その時の紀行は、同年十一月から翌年六月にかけて、「街道をゆく　モンゴル紀行」として、「週刊朝日」に連載）。

それで、小説には書きにくい遊牧・騎馬民族のモンゴル民族とは異なり、狩猟と農耕をしながら家畜の豚を飼う女真族のほうが、理解が容易で人情が濃い感じがしたので、女真族を登場させ、南方の農耕民の漢民族との抗争について書いたことがわかる。

作者の分身である主人公、桂庄助《かつらしようすけ》（九州の平戸島の武士）を、明が滅び、清が勃興《ぼっこう》する中国の歴史の裂け目にまぎれこませ、女真族の美風ともいうべき人情のあつさを感得させているのは、同じ農耕民族に共通するものだ、と考えたからであろう。

女真族が農耕を知っていたことは、清を建国するさいに、農耕民の漢民族を理解したり、支配、統治する上で、大いに役立っているという。

さらに重要なのは、狩猟を主、農耕を従としていた女真族が、漢民族を支配、統治するにともなって、農耕、農業を重視し、それに不可欠な記録というものの重要性を知り、記録を書き、読む能力を培い、知的に成熟したことだ、と作者は説明している。

その結果として、従来、野蛮人としてみなされてきた女真族は、自分たちの記録（歴史）を残そうという意志を持つようになる。遊牧・騎馬民族のモンゴル民族が、自分たちの歴史（記録）を残そうとしなかったこととは対照的だ。

それに関連して、「韃靼疾風録」の中で、わたくしが最も興味深くおもったのは、「清帝崩ず」の章で作者が語っている〝楽屋ばなし〟である。その要旨を紹介すると、つぎのようになる。

女真族（満洲族）が建てた清朝の第二代皇帝、ホンタイジ（太宗）が一六四三年八月、死亡したあとで、かれの『実録』を編むことがおこなわれた。

『実録』というのは、皇帝一代のことを記録したものである。皇帝が死んで、一つの王朝が滅びると、つぎの王朝が前王朝の正史を編む。

皇帝の日常の起居には、記録官がついており、その起居動作・言動・執務などについてのいっさいを記録する。正史を編む場合の基礎資料の一つとなるのが、皇帝ごとに存在するその『実録』である。

この第二代皇帝、太宗から四代あとになる乾隆帝《けんりゅうてい》（一七一一〜九九）は、天分ゆたかで、知的好奇心に富む、中国史上、最大の君主であった。

だが、教養人だけに漢民族にたいして見栄を張る意識がつよく、祖先の女真族が東北の山野で、狩猟と粗放な農業をいとなむ野蛮人にひとしかったことを、白日の下にさらしたくなかったので、太宗の『実録』の中の多くを削除し、入念に湮滅してしまった（そのために明末と清初の時代の女真族についての実態がわかりにくいものになった）。

ところが、ふしぎなことが起こった。乾隆帝が太宗の『実録』を湮滅する以前に、それを盗写した者がいたのだ。しかも、盗写された太宗の『実録』が江戸期、長崎まで清船《しんせん》ではこばれ、清商の手で長崎奉行の唐通事《とうつうじ》（通訳）に売られたのち、幕府の手中に入り、江戸城内の書庫（紅葉山《もみじやま》文庫）に収蔵された。このため、中国で湮滅されたはずの太宗の『実録』が、日本に残っていたのである。

ちなみに、紅葉山文庫の所蔵図書は、宮城内の書庫で保存されたあとで、内閣文庫に引き継がれ、一九七一年（昭和四十六年）、国立公文書館に移管、公開されることとなった。

その漢文で書かれている秘本を読んだ作者は、当時の女真族の人情、風俗、世態について知ることができたので、想像力をはたらかせ、女真族の息のにおいまで、嗅《か》げそうな感じがして、たのしみながら、「韃靼疾風録」を書いたのである。

ここで、わたくしが強調したいのは、中央の文化は、時の権力者の勝手な都合や、あるいは、戦争など人為的な事情によって、辺境に残るケースが多いことだ。その好例が、太宗の『実録』である。

それは、時の権力者、乾隆帝の都合によって湮滅されてしまい、中央の中国には残らないで、辺境の日本に残されていたからだ。

戦争など人為的な事情による場合の例をあげると、乾隆帝がジュンガル帝国（十七、八世紀のモンゴル人の遊牧国家）を討つべく、一七五五年、一七五七年、そして一七五九年に出兵させたことがある。

当時の女真人は、満洲族と称し、漢民族を支配していたが、漢民族のみにて長城の外に出兵させると、そこで自立してしまう危険性があったので、乾隆帝は満洲人だけで遠征軍を編成し、派兵させた。

満洲人たちは、はるか西北の戦場に到着するために半年以上かかったが、そこに着く以前に、征討戦は終わってしまっていた。

ところが、乾隆帝はその遠征軍をよびもどすことを忘れてしまっていたので、かれらは、そのまま辺境の西域のイリ地方に残され、土着することになった（以上については、『韃靼疾風録下巻』の「女真人来り去る——あとがきにかえて」を参考にした）。

かれらを中央から辺境に出兵させた乾隆帝が死んだのち、少数の満洲族が圧倒的多数の漢民族を支配せざるをえなくなった清朝はしだいに漢化されていった。

たとえば、満洲族が使っていた満洲語は忘れ去られ、漢民族の使う漢語、漢字が用いられるようになったり、一九一二年に、清朝が滅びると、満洲語は死語と化し、幻の言葉になってしまう。

その結果、イリ地方に土着した満洲人たちの末裔で、辺境の少数民族、シボ（漢字表記は錫伯）族だけが、こんにちでも満洲語や満洲文字を使っているので、その文化は、辺境のイリ地方に残っているが、中央の中国には残っていない。

イリ地方のシボ族は約二万人といわれているので、純粋の満洲語と満洲文字が使われているのは、地球上でただ一カ所だけだという。

その二万人の中の一人で、いかにも女真族の血を感じさせる、イリのシボ族出身の玉聞精《ぎよくぶんせい》一《いち》（日本国籍をとるため玉聞を姓にしている）という人物に、一九八二年（昭和五十七年）、奇しくも司馬は会ったという。玉聞の数奇な流転の人生を知りえたことは、「韃靼疾風録」を書くのに大いに役立っている。

ところで、満洲族が使う満洲語は、て、に、を、は、という助詞を膠《にかわ》にして単語と単語をくっつけてセンテンスをつくり、つぎのように表現する。

「今日は、学校に行きます」

満洲族、モンゴル族、朝鮮人、日本人は、このようなウラル・アルタイ語の語順で表現するので、言語的には同族の民族とされており、ウラル・アルタイ語は、膠着語《こうちゃくご》とよばれている。

中国語、英語では、

「今日は、行きます学校に」

と表現し、語順が異なる。人種的にも、黄色人種《モンゴロイド》の満洲族、モンゴル族、朝鮮人、日本人は、姉妹関係にあるという（フィンランドの東洋語学者、グスタ－フ・ラムステッドの説）。

司馬は大阪外国語学校在学中にラムステッドの説を知り、日本人が東北アジア（現・中国東北部）の草原を馬に乗って駆け廻《まわ》っていた満洲族と同族の関係がある、と考えていたので、今では辺境のイリ地方のシボ族だけが使っている満洲語につよい愛着を感じていた。

こんにちの中国は、満洲語を抹殺しているだけでなく、満洲族の歴史についても同様の扱いをしている。

貊《ばく》、穢《あい》を遠祖にするツングース系の靺鞨族は、渤海国を建国後、それが滅びると、韃靼の地で女真族と称し、万里の長城を突破、侵入して、漢民族の明国を征服したのち、清国を建国し、満洲族と名をあらためた。

その後、日本が満洲事変によって建国した満洲国が消滅したのち、中国はかつての満洲を東北とよび、満洲とはよばない。元来、万里の長城の外であるこの地域は漢民族の土地ではなく、ウラル・アルタイ語を使うツングース系の靺鞨族、扶余《ふよ》族（高句麗《こうくり》を建国した民族）、女真族などの民族の故郷であった。

それにもかかわらず、こんにちの中国人は、ツングース系の諸民族の歴史や国家を抹殺し、中国の東北という版図によって、一括してしまい、満洲とよんでいない。

このような状況では、何千年来、この地域で興亡をくりかえしてきたツングース系の諸民族や国家の長い歴史が無視されており、戦前、満洲国をつくった日本人ですら、満洲という土地の歴史を知らない。

以上のことに、やりきれないおもいをこめて、司馬はツングース系の女真族を登場させ、「韃靼疾風録」を執筆したにちがいない、とわたくしは推察している。この長編力作には、辺境の少数民族にたいする作者の愛着と同情がこめられている。

▼気体のようなモンゴル民族を書いた「草原の記」

司馬遼太郎は一九五六年（昭和三十一年）、「ペルシャの幻術師」でデビューしているので、日本の高度経済成長期（一九五五～七三年）初期に、たまたま、世に登場したことになる。

そして、その時期が終わる一九七三年（昭和四十八年）から翌年にかけて、「街道をゆく　モンゴル紀行」が「週刊朝日」に連載された間、わたくしは注目して読んだ。

モンゴル民族の祖先にあたる北狄、匈奴の歴史や、古代から現在に至るかれらの特性について書かれており、数千年にわたって金銭、物品を高価値なものとみなさず、土地に執着しないで、移動して暮らしてきたモンゴル族のシンプルな生活が映し出されている。

私利追求の伝統かぼそく生きてきたかれらを尊敬し、人間としての品格を見出している表現力に、わたくしは感嘆した。

連載当時は、元来、清貧に甘んじてきた日本人が〝消費は美徳である〟という価値観を持ち、金欲、物欲に憑《つ》かれて生活が奢侈《しゃし》に変わっていった時期なので、長い間シンプルな生活を持続しているモンゴル民族の印象が鮮烈であった。

「モンゴル紀行」の中では、この遊牧・騎馬民族の自尊心のつよさについてもふれられており、長い歴史上で、野蛮人とみなされてきたかれらが逆に、漢民族を軽蔑してきたという事実を知って、いささか驚かされた。

土の上を這《は》いずりまわっている、きたならしい耕作者の漢民族を、馬の上から見下ろしながら、軽蔑し、羊、ヤギなどの家畜の遊牧こそ最も高貴なものと考えて、頑固にそのなりわいをつづけている伝統にたいして、わたくしは人馬一体の風格を感じ、騎士精神に通じる威厳さにうたれた。

この「街道をゆく　モンゴル紀行」の連載が完結して十七年過ぎた、一九九一年（平成三年）から翌年にかけて、「草原の記」を「新潮45」に連載しているのは注目に値する（のちに新潮文庫に収録）。

「草原の記」は、ぼうようとしておおらかな大草原で、古代から独自の遊牧文明を誇り、欲望少なく、つよい自尊心を持って生きてきたモンゴル族の歴史に、ロシア革命、満洲国崩壊、中国プロレタリア文化大革命のためにシベリア（ソ連）、満洲（日本）、内蒙古《モンゴル》（中国）、外蒙古（モンゴル人民共和国）の四カ国のその時々の支配を受けて草原を流転することを強いられたモンゴル人の女性、バルダンギン・ツェベクマの苛酷《かこく》な人生の悲惨さを重ね合わせ、さらに作者の満洲においての兵隊体験を回想した独自の小説である。

先に引用したように、一九八八年（昭和六十三年）十月、「韃靼疾風録」が大佛次郎賞を受賞した時、司馬遼太郎は、

「モンゴルの小説を書きたかったけど、実際に行ってみると広くて、何もかも風のように散っていくようで小説にならない」

と、その当時を回想して、モンゴル族の代わりに女真族を登場させ、「韃靼疾風録」を書いたいきさつについて語っている。

さらに、「草原の記」の「シベリアの煖炉」の章に、つぎのような記述がある。

気体のようなものを書いている。
まことにモンゴルは、私にとってそうであるというほかない。
　十七年前、ツェベクマさんに出会ったことで、すこしは固体になった。

　これらの述懐によると、司馬にとってのモンゴルは〝風のようなもの〟〝気体のようなもの〟で、とらえにくい存在であったことがわかる。

　一九七三年（昭和四十八年）、「街道をゆく　モンゴル紀行」を連載するにあたって、はじめてモンゴルを訪れた時、首都ウランバートルの国営ホテルの渉外係であったツェベクマに出会い、ガイドを一週間たのんだのをきっかけに、かの女がいわば触媒となり、モンゴルはすこしは固体になったのである。

　その十七年後の一九九〇年（平成二年）、ツェベクマと再会し、かの女の波乱の人生について取材できたので、モンゴルは、一定の形を持たず、変化する気体から、容易に変化しない固体として、とらえることができたのだ。

　それで、ツェベクマの人生に、作者が若いころから悲哀と詩情を感じていたモンゴル民族の心を、重ねて書いたのが「草原の記」であり、ツェベクマにモンゴルを象徴させて書いた小説であるといえよう。

ここで、「草原の記」の「匈奴」の章に、つぎのように書いてあることに注意してほしい。


　地球儀をまわしながら内外蒙古《モンゴル》のひろさの見当をつけると、フランスの面積の五倍ほどもありそうである。

　そこにすむモンゴル人は、わずか数百万ながらも確固として存在し、他民族にくらべて卓越した肉体と知力をもっている。ただ奇跡的なほどに欲望すくなく生きている。

　その欲望のすくなさについて的確に説明しにくいが、かねがねかれらの存在そのものが詩であると私は思ってきた。詩は散文に移しがたい。ことさらに移すとすれば、私がいま書いているようなかたちをとるほかない。


　モンゴル人の存在そのものが詩であるというのは、かれらが草原の天と地の広大さを愛《め》で、自然の大きさへの歎美の詩を、古来からつくってきたからだ。

　そういうとらえかたで、モンゴル人の存在自体が詩であるとおもってきたので、それを散文（平仄《ひょうそく》・韻脚《いんきゃく》、字数などに制限のない通常の文章）には移しがたいのだが、ことさらに移すとすれば、「私がいま書いているようなかたちをとるほかない」というのである。

　したがって、「草原の記」の文章は、〝ついでながら〟〝くりかえすが〟などの表現を使って往《ゆ》きつもどりつしながら、想を自由にひろげ、自在に書きすすめている作者独自の小説なのである。

そこで、刮目《かつもく》してほしいのは、「竜馬がゆく」の「流転」の章の中で、「閑話休題」の項を執筆して以降、既成の小説概念やありきたりの小説形式にこだわらず、独自の小説のかたち（エッセイ、紀行、史論、史伝などの文体や、余談、エピソードがモザイク状に拡散しているユニークなスタイル）で、小説を書くようになったことである。

詩であるとおもってきたモンゴル人を、ことさらに通常の文章や、ありきたりの小説形式で書こうとすると、それに拘束されてしまい、イメージや、想像力がそこなわれるので、自由自在で、定型にとらわれない、独自の文体で書いた小説が「草原の記」にほかならない、とわたくしは考えている。

この小説は、

空想につきあっていただきたい。

という冒頭の文章から始まる。

作者は広大な草原の世界に、自分の空想とともに、読者のこまやかな想像力をはたらかせてほしい、とねがっているのだ。

「草原の記」は、地球規模のモンゴル高原、もっと厳密にいえばユーラシア大陸を舞台とする小説なので、せまい国境概念に拘束されると作者の創作意図を理解できない。

読みすすむと、〝地球儀をまわしながら〟〝地球儀に目をもどしたい〟などという言葉が使われ、読者がグローバルな視点に立つことをのぞんでいるのに気づく。

それほど、「草原の記」は空間的スケールが大きく、作者の気宇壮大な構想をしめしており、読者はおもわず地球儀や、世界地図を見たくなる。

〝地図を見たくなる小説は、よい作品だ〟

といわれている。そして、よい小説は読者の想像力による参加が不可欠であることを、「草原の記」はあらためて教えてくれるといえよう。

ところで、「韃靼疾風録」は〝最後の小説だ〟といわれている。だが、わたくしは『草原の記』が刊行されるや、「産経新聞」「東京新聞」「週刊現代」などの書評で、「草原の記」はエッセイ・歴史紀行のたぐいとおもわれがちだが、作者独自の小説であり、司馬文学の到達点をしめしている最後の小説であることを強調した。

司馬遼太郎のイマジネーションは、晩年に至るまで、豊饒《ほうじょう》であった。

わたくしは「韃靼疾風録」「草原の記」の創作意欲の根源には、辺境の少数民族の女真族、モンゴル族の歴史を通して、日本人のルーツをさぐろうとする意図があった、と考えている（小説ではないが、「韓《から》のくに紀行」「モンゴル紀行」、その他の「街道をゆく」にも、同じことがいえる）。

女真族は、少年のころ、夢想の対象としていた貊、濊（靺鞨族、高句麗族、満洲族、朝鮮人、日本人などの祖先にあたる諸民族）の血をひいており、モンゴル民族は、北狄、獫狁《けんいん》、蠕蠕《ぜんぜん》、鮮卑《せんぴ》、匈奴（モンゴル族の先祖とおぼしき民族）の血脈につらなり、ツングース系の民族といわれている。

かれらと血縁がある人びとの中には、大道《おおち》を通って古代の大和《やまと》に渡来したり、帰化した人たちがいた。

司馬はこれらのツングース系の民族のルーツをたどることによって、日本人の祖型や遠祖をさぐりつづけた、とわたくしは、かねてから考えてきたので、古代大和のツングース系の国栖《くず》人《びと》の一言主命《ひとことぬしのみこと》や、出雲族《いずもぞく》の長髄彦《ながすねひこ》、葛城人《かつらぎびと》の蘇我《そが》氏のルーツをたどるのは、司馬自身のアイデンティティーを見出す、たのしみに通じることであったといえよう。

極東の辺境、奈良県北葛城郡磐城村大字竹内《きたかつらぎぐんいわきむらおおあざたけのうち》の生家に沿って通る大道（のちの竹内街道）は、古代シルクロードの東の終着点で、東西文明・文化の交渉史に重要な役割を果したことを知るにつれて、〝辺境史観〟を培うようになったのである。

それは、辺境の日本から中央のユーラシア大陸を、歴史空間的に見る視点であり、特殊な日本文化から普遍的な中国文明、ヨーロッパ文明をとらえる視点である。そして、逆に、中央のユーラシア大陸から辺境の日本を、中国文明、ヨーロッパ文明から日本文化をとらえる観点である。

〝辺境史観〟は、このような表現以外に、その視点をいい表わすことができないとわたくしが考えた造語で、辺境にこだわる狭隘《きょうあい》な史観とみなされ、誤解されがちだが、大道がユーラシア大陸に通じているというグローバルな発想と、辺境の少数民族へのあたたかい眼差《まなざ》しによる司馬独自の史観である。

第三章

幻想小説（一）

――雑密（雑部密教）と役行者

▼司馬少年が大好きになった怪人、役行者《えんのぎょうじゃ》と大峰山《おおみねさん》

第二章の「韃靼疾風録《だつたんしつぷうろく》」のところでふれたように、ウラル・アルタイ語族の満洲族《ツングース》、モンゴル民族、朝鮮人、日本人など黄色人種《モンゴロイド》は、言語・人種としては姉妹関係にある。

そして、これらのツングース系の民族社会では、シャーマンが古代から現代に至るまで活躍している。

自分を恍惚忘我《こうこつぼうが》の状態にみちびき、神、あるいは、祖先などの霊と直接に接触、交渉して、それらの霊力を借りることにより、予言、治病《ちびょう》などをおこなう宗教的職能者がシャーマンである。日本では、三世紀の邪馬台国《やまたいこく》の女王、卑弥呼《ひみこ》から、現代の恐山《おそれざん》のイタコに至る巫女《みこ》や、こんにちの新興宗教の教祖などが知られている。

さらに、ツングース系の民族は、高い山を神そのもの、もしくは神の住むところ、と信じて崇《あが》める。または、山の頂《いただき》を神の座、神聖な場所として崇めたてまつる。

天界にいる神が人間の世界に降臨する（あまくだる）のは山頂である、と考えたからだ。日本人も古代からそのような原始的な山岳信仰を持つ。

神として崇拝されている神体山《しんたいさん》、あるいは山頂に神座、祭場が設けられている高山の山中や、ふもとでは、シャーマンが活動していた。

七世紀後半、古代の大和《やまと》、葛城山《かつらぎさん》に住み、さかんに呪術《じゅじゅつ》を使っていた役行者は、その代表的人物で、姓は「役《えん》」、名は「小角《おづぬ》」という。日本で最も強力な呪術者として知られており、山岳宗教の修験道《しゅげんどう》の開祖となった。だが、謎《なぞ》の多い怪人だといえよう。

司馬遼太郎は「街道をゆく1　湖西のみち、甲州街道、長州路ほか」の「一言主《ひとことぬし》神社」の中で、役小角についてつぎのように書いている。


　役小角は、尊称されて役優婆塞《えんのうばそく》、役行者などとよばれる。七世紀から八世紀にかけて活躍する怪人物だが、実在の人物であることはまちがいない。

　「大和の国 葛木《かつらぎ》の上《かみ》の郡《こおり》 茅原《ちはら》の村の人なり」

　と、『日本 霊異記《りょういき》』にある。その素姓については「賀茂役公《かものえのきみ》、今の高賀茂《たかかも》の朝臣《あそみ》といふ者なり』というから、鴨族《かもぞく》という神霊のことをつかさどるグループのなかでも筋目のいい出身であろう。


『日本霊異記』は平安時代初期の仏教説話集で、大和《やまと》の薬師寺《やくしじ》の僧侶《そうりょ》、景戒《けいかい》の著書である。

役小角が役優婆塞（在家のままで、仏道修行にはげんでいる人）とよばれ、人びとから尊敬されたのは、葛城山（当時、薬草の宝庫として有名であった）で、山林修行者の時期に体得した医薬術と、呪術・催眠術応用の手術によって、医巫《いふ》（医術と呪術。古代では区別されていなかった）に長《た》けた鴨族出身の巫人《シャーマン》として、民衆から支持を得ていたからであろう。

鴨族は、古代の葛城国（現・奈良県と大阪府の県境にあった国）の葛城山のふもと一帯に棲《す》み、古神道を信じる、優れたシャーマンを多数、輩出している。その代表的人物が小角である。鴨族の祖先は、古代の出雲国《いずものくに》（現・島根県東部）から、葛城国に移住しているので、鴨族の小角は、出雲族の血をひいている。

その小角が文武《もんむ》天皇（第四十二代）の三年（六九九年）、呪術を使い、人々を惑《まど》わしたと讒言《ざんげん》されたため（『続日本紀《しょくにほんぎ》』）、あるいは文武天皇の転覆（天皇の世をくつがえそうとすること）を謀った罪で、伊豆《いず》に流されたという（『日本霊異記』）。

小角の陰謀を天皇に告げたのは葛城国の国神《くにつかみ》で、鴨族の氏族神《しぞくしん》の一言主命《ひとことぬしのみこと》（本書第一章の中で述べた短編小説「神々は好色である」の主人公）であるといわれている。一言主命は人に憑《つ》いて、小角が転覆をくわだてている、と讒言したというのである。

そのころ、大陸からつたわった雑密《ぞうみつ》（雑部密教《ぞうぶみっきょう》）の「孔雀《くじゃく》の呪《しゅ》」（のちに詳述する）の効きめを知った小角は、古神道の信者から雑密の徒《と》になり、古くからの神々を信じる鴨族や一言主命にたいして優越感を持ち、傲慢《ごうまん》な態度をとるようになったために、一言主命につかえている鴨族の神主たちが天皇に訴え出たのである。

歴史をさかのぼって、いわゆる葛城伝説をモチーフとする短編小説「神々は好色である」を通して考えられるのは、磐余彦《いわれひこ》（のちの第一代天皇の神武《じんむ》天皇）の率いる海族《わだつみぞく》が海を渡り、九州の日向《ひゅうが》（現・宮崎県）に侵入したのち、国樔族《くずぞく》（国栖族）と出雲族の共栄、共存する楽天地であった大和盆地を占領し、そこに大和朝廷を樹立したことである。

共存する楽園ともいうべき領土を失った国樔族（国栖族）と出雲族は、国神の一言主命を崇《あが》めていたので、天《あま》つ神の神武天皇から文武天皇に至る歴代の天皇にひそかに恨みを抱き、大和朝廷に反抗の姿勢をしめしていた。出雲族の小角も同様である。

ちなみに、推古《すいこ》天皇二十一年（六一三年）、大道《おおち》が設置されて以来、葛城山系の二上山《ふたかみやま》のふもとの周辺は、大陸からの異文化を吸入する最も開明的な地であった。

だが、後年になると、そのあたりは、小角が雑密の徒となり、かれが使う大陸渡来の雑密の「孔雀の咒」の妖《あや》しい雰囲気や、文武天皇と大和朝廷に抵抗、反権力をしめす気風がみなぎる地に変わっていた。

文武天皇の三年（六九九年）、小角の伊豆への流罪が決定。翌々年、六十八歳でその罪をゆるされたかれは、仙人となって、空に飛び去ったという（『日本霊異記』）。また、その年（七〇一年）、小角は隠没《いんぼつ》（亡くなる）したともいう（『役行者本記』）。

ところで、司馬遼太郎は少年のころから、役行者が大好きであった。

そのきっかけとなったのは十三詣《まい》りである。

赤ん坊のころ、手術が必要な脱腸（ヘルニア）にかかった時、身内の人間が、手術しないで治るように大和の大峰山《おおみねさん》（一七一九メートル。修験道の山伏の修験第一等の聖地）に願《がん》をかけ、十三歳になった時、元気であれば、大峰山にお礼詣りに行くと約束したのである。

それで、中学一年生の夏休みに、母親、直枝《なおえ》の弟、河村善作《かわむらぜんさく》に連れられて大峰山に登った。

その山頂に役行者が開基《かいき》した蔵王堂《ざおうどう》がある。


堂内は暗く、手さぐりで奥へ進むと、いよいよ暗い。やがて粗末な灯明皿に小さな炎がぬめぬめとゆれている。「不滅の灯明」と書かれている。

「ほんとうに不滅か」

と、まだ若かった叔父にきくと、叔父ではなく、堂内の闇のどこかから、ほんとうに不滅だ、という声がきこえた。そのことが、薄気味わるかった。

子供だったから、灯明よりもむしろ、その声がきこえてきた闇《やみ》のほうが、千数百年以来このままこの場でとどこおっているように錯覚し、すくなからず衝撃をうけた。

それ以来、この山をひらいた役ノ行者という怪人が歴史上のたれよりも好きになり、役ノ行者だけでなく大峰山の山ごと気に入ってしまい、二十になるまでのあいだに、四度も

登ったりした。（『空海の風景』「あとがき」中公文庫）

大和の大峰山は、本来、「山上の岳」なので、山上《さんじょう》ヶ岳《たけ》ともいう。奈良の人びとは、親しみをこめて、〝サンジョウサン〟とよんでいる。

「竜馬《りょうま》がゆく」の「物情騒然」の章において、主人公の竜馬は、つぎのようにいっている。

大和の三《ママ》上ヶ岳という山は千何百年か前に役ノ小角という男がひらいた山だそうだが、その山上に蔵《ざ》王権現《おうごんげん》をまつるお堂があって、そこに役ノ小角がともして以来、千数百年不滅という燈明《とうみょう》がともりつづけている。人間、仕事の大小があっても、そういうものさ。たれかが灯を消さずに点《とも》しつづけてゆく、そういう仕事をするのが、不滅の人間ということになる。

ちなみに、開山者の小角が祈りによって、山上ヶ岳の山頂で出現させた蔵王権現を堂内に祀《まつ》り、そこに聖なる「不滅の灯明」をともして以来、永遠に点灯しつづけているのは、過去、現在、未来をむすぶ超時間的存在として、蔵王権現を崇拝対象にすることであり、それは、修験道の儀礼の核となっているのである。

司馬が福田定一《さだいち》の本名で書いた初期の幻想小説「睡蓮《すいれん》　花妖譚《かようたん》六」（生花《いけばな》の未生流《みしょうりゅう》の未生流家元出版部発行の月刊雑誌「未生《みしょう》」昭和三十一年十月号に発表。のちに『花妖譚』文春文庫に収録）には、主人公の小角が大峰山の山上ヶ岳の山頂に坐《すわ》り、呪文《じゅもん》を唱えながら、修験道の本尊、蔵王権現の忿怒《ふんぬ》像を湧出《ゆうしゅつ》させるありようが描かれている。

それは忿怒の形相《ぎょうそう》（髪の毛が逆立ち、大きく見開いた三つの目、大口を開けて、今にも、悪魔に飛びかかって、降伏《ごうぶく》しようとする憤怒《ふんぬ》の顔）をしており、背後に紅蓮《ぐれん》の炎を負っている。その炎で、悪魔、悪霊を焼き尽くして、人びとを救ったり、人間の煩悩《ぼんのう》を焼き尽くす、と信じられている。

山頂を神があまくだる神の座であるという神道の信仰は、大陸から渡来した新宗教の仏教にも通じる信仰なので、小角はその神聖な場所の岩上に坐って、蔵王権現の忿怒像を湧出させたのである。

「睡蓮　花妖譚六」の小角は、大和、熊野、牟婁《むろ》の連山三百六十余峰を経《へ》めぐって、ついに大峰山の山上ヶ岳の頂上に至って、そこにある岩上に結跏《けっか》（坐禅をする時のように足を組んで坐ること）し、

「みよ、雲表につらなる遥《はる》かな峰々、これこそあの蓮《はす》の花びらのごとくではないか」

と、さけぶ。そして、大峰をとりまく山なみが蓮の花びらのように重なり、結跏する岩こそその芯のごとくで、あたかも巨大な蓮台《れんだい》（蓮華《れんげ》の形につくった仏・菩薩《ぼさつ》の像の座）に坐るような心地がして、浄土とはこういうところで仏たらんとおもう者の坐る場所だ、と確信するに至る。

それでわたくしが想起するのは、仏が住むという世界を八弁《はちべん》（八つの花びら）の蓮華のそれにたとえた蓮華蔵《れんげぞう》世界である。そこは悟りの世界、浄土（仏の住む清浄な国土）とされている。大峰山の山上ヶ岳の蔵王堂、大和の室生寺《むろうじ》、和泉《いずみ》（大阪府南部）の槇尾寺《まきおじ》や、のちに、かれの系統を継いだ空海《くうかい》がひらいた高野山《こうやさん》の金剛峯寺《こんごうぶじ》、佐渡の蓮華峰寺《れんげぶじ》などは、周囲の峰々が、まるで蓮の花びらのようにひらいて、寺をかこんでおり、どの寺も天に近く神霊の宿る山頂にある。

十三詣《まい》りをきっかけに、役行者だけでなく大峰山の山ごと気に入った司馬青年は、小角の顰《ひそみ》に倣《なら》って、山上ヶ岳の頂上の岩に結跏した体験がある。

それについて、大阪外国語学校時代の親友で、青野ヶ原の戦車第十九連隊、さらに、満洲の四平《スーピン》（公主嶺《こうしゅれい》）陸軍戦車学校の戦友、石浜恒夫《いしはまつねお》（のちの作家）はつぎのように書いている。

もと、司馬とおなじサンケイ新聞にいたカメラ・マンの、井上博道くんの話によると、司馬は入隊まえ、

「――みんな、入隊するいうたら、あわてて女を買いにいったりしよったンやけど、おれは大峰山へいって、山上が《ママ》岳の頂上の岩に坐って、三時間あまり、ひとり、付近の山やまを見はるかして、気宇の広さを養うて考えてたンや……」

そのことは、初耳だったけれども、かたわらに大台が原をひかえて、紀伊《きい》半島の中心部にひかえる大峰をとりまく山塊は、日本のアララしい原始宗教の発生の土地であり、吉《よし》野川《のがわ》、十津川《とつがわ》、北上川《きたかみがわ》。伝説の神武《じんむ》の昔より、絶えざる日本歴史の宝庫の土地である。

なにを考えたのか。それは、わたしにはわからないけれども、現在の彼から考えあわせても、そのときの彼の姿をおくのに、いちばん似つかわしい場所であるようだ。（「戦友・司馬遼太郎のこと」「潮」昭和四十三年三月号）

一九四三年（昭和十八年）、学徒出陣のため大阪外国語学校を仮卒業した二十歳の司馬青年は死を覚悟していた。終戦までに学業半《なか》ばで動員された学徒兵から戦死者が多数出ており、その中には、戦場におもむくにあたって、親鸞《しんらん》の『歎異抄《たんにしょう》』を持参する若者が少なくなかったという。

その年の十二月一日、青野ヶ原の戦車第十九連隊に入隊することが決まっていた司馬青年も、満洲で戦車兵として戦死するだろうと考えて、その前に死に値する、なにかを見つけようと、

『歎異抄』を読んでみた。だが、死と引き換えるものを見出せず、悟りを得ることはできなかった。

そこで、大好きな役行者ゆかりの大峰山に登り、山上ヶ岳の岩上に坐って、蓮華の花びらのような山やまを見はるかしながら、死について役行者に教えを乞《こ》いたかったのだが、それを得ることはできずに下山した。その時は、三度目の大峰山行きであった。

▼幻想小説のモチーフ、核となっている〝雑密（雑部密教）〟と〝純密《じゅんみつ》（純粋密教）〟

ところで、十三詣《まい》りの時、司馬少年が蔵王堂内で衝撃を受けたのは、「不滅の灯明」か、「闇《やみ》」か、そのいずれかといえば、千数百年以来、そのままその場でとどこおっているように思えた闇であった。

その時から、役行者と大峰山を好きになるのだが、闇にショックを受けた十三歳の少年がなぜ役行者と大峰山を好きになったかというと、叔父の善作の影響による。

大峰山に連れていった善作は、その山が大好きで何度も登っており、大峰山をひらいた役行者についての知識があった。

竹内《たけのうち》で材木業を営むかたわら、奈良県庁に勤め、さらに、北葛城郡の在郷軍人（平時は民間にあって、生業に従事しているが、戦時にさいし、必要に応じて召集され、国防に任じた予備役の軍人）

の会長を務めていた善作は、世知《せち》に長け、歴史知識もあった。

かれは司馬少年と一緒に大峰山に登る前に、あらかじめ、大峰山と役行者について教えていた。もし、善作以外の者が一緒に行ったのであれば、役行者に傾倒することはなかったにちがいない。善作は蔵王堂の「不滅の灯明」についても、子供に理解できるように、前もって、話しておいたに相違ない。

ちなみに、比叡山《ひえいざん》をひらき、延暦寺《えんりやくじ》を開基した伝教大師《でんぎようだいし》（最澄《さいちよう》）は、比叡山で最初の堂である一乗止観院《いちじようしかんいん》に灯《ひ》をともしている。それ以来、〝不滅の法灯〟はこんにちに至るまで暗い堂内で燃えつづけている。それは、照明のためのものではなく、崇拝の対象なのである。蔵王堂の〝不滅の灯明〟もおなじであり、〝不滅の法灯〟よりも、長い間、燃えつづけ、一度も消えていない。

司馬少年は、「不滅の灯明」を見ても不気味におもわなかったものの、薄気味悪い闇に、衝撃を受けたのである。

昔の人びとの闇に対する怖《おそ》れは、昼夜、明かりのかがやいている社会に生活する現代人には想像を絶するものである。

司馬少年は、闇への怖れによって想像力が刺激され、役行者や大峰山を敬う気持ちをいだかせられたとおもわれる。その後、さらに叔父から聴いたり、自分で調べてみて、怪人的な役行者にたいする好奇心はますますつのったのである。想像力ゆたかで、妖しく奇妙なものには異常にひかれる少年であった。

後年、作家になった司馬は、十三詣りで「不滅の灯明」を見てしまったことでよびさまされた、自分の中の土俗的な雑密世界について、つぎのように書いている。

私の作品に一連の『妖怪《ようかい》』のような傾向のものがあるということは、結局、私自身にもそういった雑密的原始感情に感応するところがあるからでしょうね。つまるところその気分は闇がつくりだしているんだろうと思いますが、根っこのところでは日本人が伝統的にもっている暗くて華やかなロマンチシズムのようなものにもつながっているのではないでしょうか。（「密教世界の誘惑」『歴史と風土』文春文庫）

「一連の『妖怪』のような傾向のもの」というのは、「梟《ふくろう》の城」「外法仏《げぼうとけ》」「牛黄加持《ごおうかじ》」などの幻想小説であり、それは土俗的な雑密世界に密接に関わっているのである。

雑密とは、雑部密教の略称であり、のちに、空海がそれを体系化する純密（純粋密教）と区別されている。

雑密は、古代インドにおいて使われていたまじない・うらないである咒《しゅ》（呪）によって、治《ち》痛《つう》・息災《そくさい》（歯や腹の痛みを治したり、災いを取り去ること）や、財福の獲得（財産、幸福を得ること）などのさまざまな現世利益《げんぜりやく》を得ようとするもので、古代以来、闇に対する怖れと同様に、人間が持つ原始的感情にもとづくものである。

雑密は、古代の奈良時代に日本に渡来し、シャーマンの役小角がさかんに使ったので、小角は雑密の象徴的人物とされている。

『続日本紀《しよくにほんぎ》』（奈良・平安時代の朝廷で、編纂《へんさん》された六つの国史の一つ）に、〝小角は葛城山に住み、呪術者として評判であった〟と、書いてある。

『日本霊異記』には、〝小角が孔雀《くじやく》の呪法《じゆほう》を修《しゆう》して験力《げんりよく》を得た〟と記載されている。

「孔雀の呪法」は、古代インドにおいて使われていた、まじない・うらないである雑密の「孔雀の咒」のことをいう。

司馬遼太郎の長編小説「空海の風景」（「中央公論」に昭和四十八年一月から昭和五十年九月まで連載。のちに中公文庫に収録）の第五章には、雑密の「孔雀の咒」から、純密の「孔雀明王《みようおう》」の成立過程が、興趣深い文章で書かれている。

それを引用しながら、わたくしの補足説明をさせていただきたい。

孔雀は、悪食《あくじき》である。

体が大きく、そのため多量の蛋白質をとる。毒蛇、毒蜘蛛《ぐも》なども容赦なく食ってしまうことに、ドラビダ人たちは仰天し、超能力をもった存在として偉大さを感じた。そこに、「咒」が発生した。咒は古代インドの土俗生活にとって生命を維持するために欠かせぬものであり、たとえば歯が痛むときにはそれを癒す咒があり、敵を退散せしめるときにもそのための咒がある。

そこで、わたくしは「咒」という文字を漢和辞典で調べてみると、「咒」は「呪」の俗字で、まじない・うらないであることがわかった。

人間は毒にあたれば死ぬ。しかしながら孔雀は悪食しても死なず、解毒し、咀嚼《そしやく》する。古代インドの一部の種族の思想にあっては、孔雀の解毒能力をうらやむよりも、毒にあたった人間がいっそ孔雀になってしまえばいいと考えた。毒にあたればすぐさま孔雀の咒を用い、自分の内臓を孔雀の内臓に変じさせてしまうのである。このため孔雀の咒ができ、ひろがった。（中略）

この孔雀の咒は、他の多くの咒にくらべて験《げん》のあるものだったらしく、インドに古くからひろまり、チベットへゆき、中国へゆき、日本にもつたわった。

「孔雀の咒」は、古代南インドのドラビダ人が使っていた、まじない・うらないで、験（効きめ）はあったものの、雑密にすぎなかった。

ところが、紀元前一六〇〇年ごろ、古代インドに侵入したアーリア人（インド・ヨーロッパ語族の民族。古代インドで高度の文明を形成する）は、先住民のドラビダ人を征服したのち、雑密の「孔雀の咒」を、仏性という崇拝対象である「孔雀明王」にまで高めたのは、刮目《かつもく》に値する、とわたくしは考えている。

そのことについて、「空海の風景」第五章の中で、作者は概略、つぎのように述べている。

アーリア人は、「孔雀の咒」をとりあげる場合、孔雀の解毒機能のみに着眼し、鳥にすぎない孔雀を仏性という形而上《けいじじょう》的世界に昇華させ、諸仏、諸菩薩の仲間にまで高めたため、「孔雀明王」が成立するのである。

ドラビダ人は、孔雀が毒物を食べて解毒してしまう生態を見て、雑密の「孔雀の咒」を使うようになった。それを仏性という崇拝対象である「孔雀明王」に昇華させたアーリア人は、孔雀明王が、人間の持つ精神的な害毒（苦痛、悩み、病気など）を解毒し、消化してしまう、と考えたのである。

そして、孔雀明王（体が白い肉色に塗られ、羽をひろげた金色《こんじき》の孔雀に乗っており、明王の中では最も早く成立した女性像で、日本でも奈良時代に造像されている）を、たとえば、大威徳《だいいとく》明王（おそろしい忿怒《ふんぬ》の形相《ぎょうそう》で悪や怨敵《おんてき》を降伏《ごうぶく》させたり、戦勝祈願に役立つと考えられ、純白の牛に乗って六足尊《ろくそくそん》といわれるように六つの顔、六つの臂《ひじ》、六つの足を持つ仏《ほとけ》）、不動《ふどう》明王（忿怒の顔をしており、背負っている怒りの火炎で人びとの煩悩《ぼんのう》を焼きつくしたり、家内安全、商売繁盛に利益があると、広く信仰されている仏）、准胝観音《じゅんでいかんのん》（准提《じゅんでい》観音ともいう。『司馬遼太郎全集　第二十二巻』収録の「牛黄加持《ごおうかじ》」では准泥《じゅんでい》観音の表記になっているが、誤りだとおもわれる。児《こ》を欲する人を慈愛をもって救い、男児と女児を産み分けさせてくれる菩薩である。観音は観世音菩薩《かんぜおんぼさつ》の略である）、千手《せんじゅ》観音（衆生救済《しゅじょうきゅうさい》のあらゆる場合に役立つために一千の手を持つ菩薩。だが、千本の手をつけるのは彫刻の造形バランス上で、むずかしいために省略して四十二本として表現することが多い。奈良の唐招提寺《とうしょうだいじ》の千手観音像は実際に千本の手をつけている菩薩である）など、それぞれの役割分担を持つ諸仏、諸菩薩の仲間にまで高《たか》めたのである。

本書の第四章において取り上げる幻想小説「牛黄加持」では、准胝観音が、おなじく幻想小説「外法仏《げぼうとけ》」では、大威徳明王が、それぞれ重要な役割を果たすので、その名をおぼえておいていただきたい。

ところで、孔雀の咒や、敵を退散、降伏させるための咒（のちに、大威徳明王という仏性の崇拝対象に高められた）などの呪（雑密）を使っていたドラビダ人の時代には、自然と人間は対立するものではなかった。

そのことについて、「空海の風景」第五章には、つぎのように書かれている。

> もっとも呪が息づいていたころのインド土俗にあっては自然と人間は対立するものでなかった。人間の五体そのものがすでに小宇宙であるとし、従って、小宇宙である人間が大宇宙にひたひたと化してゆくことも可能であり、その化する場合の媒体として呪がある。

その後、ドラビダ人の呪（雑密）を諸仏、諸菩薩など仏性の崇拝対象にまで高めたアーリア人は、さらに、諸仏、諸菩薩を、大宇宙である大日如来《だいにちにょらい》が姿を変えた化身として考えるに至ったことは注目に値する。

大日如来は、サンスクリット（古代インドの雅語）で、マハーバイローチャナといい、〝偉大な輝くもの〟という意味である。

広大な果てのない力によって、自然である大宇宙を動かす大日如来が、小宇宙にすぎない人間との隔たりをなくし、親近感を持たせるために、人間の姿をした諸仏、諸菩薩となって現われるので、孔雀明王、大威徳明王、准胝観音などの仏は大日如来にほかならない、とアーリア人は考えた。そして、大日如来は、その光明が人びとの心をあまねく照らす、巨大な宇宙の根本の仏と考えられた。

以上、述べてきたように、ドラビダ人のまじない・うらないにすぎなかった土俗的で、体系化されていない雑密（雑部密教）の時代がつづいていたが、七世紀後半に大日如来によって、純密（純粋密教）という組織的な体系が成立するに至るのである。したがって、大日如来の出現以前を雑密、大日如来の出現以降を純密という。

古代インドで成立した純密は、中国を経て日本に伝来する。それをつたえたのは当時、唐に留学していた空海《くうかい》である。帰国後のかれは、あらためて再検討し、「三密《さんみつ》（手で印《いん》をむすび、口で真言《しんごん》を唱《とな》え、心を悟りの境地におき、これを同時におこなって仏と一体となること）」を取り入れた「加持祈禱《かじきとう》」という、まったく独自の祈禱の形式を生み出し、新しい組織的で、体系的な純密である真言密教を確立する。その経緯《いきさつ》、その他については後述したい。

承和《じようわ》二年（八三五年）、空海が亡くなったのち、真言密教では、加持祈禱、三密などが、いっそう重視されるようになり、阿闍梨《あじやり》（師範たる高僧）や、地位の高い修験僧《しゆげんそう》たちは、天皇、貴族を中心に、宮廷内で、組織的、体系的な修法をおこなった。それは、真言密教の開祖である空海が支配階級の人びとを意識し、純密の真言密教の普及に努めた影響による。

ここで記憶しておいてほしいのは、役小角の時代に日本につたわった雑密のまじない・うらないは純密の真言密教に吸収されるものが少なく、村や町をまわる歩き巫女《みこ》、山伏、外法《げぼう》の徒《と》たちが使う未組織で簡略な修法《ずほう》（たとえば、かれらが背負う厨子《ずし》や笈《おい》、あるいは外法箱《げぼうばこ》の中に入れる干し固めた猫の頭、外法頭、墓の屍体《したい》についた泥でつくった泥人形などの外法仏などを本尊とする邪法）のうらない、まじないとして、庶民の間に普及したので、長く生きつづけたことである。

この雑密と、純密の祈禱のありようについては、本書の第四章でふれている幻想小説「牛黄加持」「外法仏」についてのわたくしの論考、その他を参考にされたい。

▼小角（役行者）の飛行術、空海の雨乞《あまご》いの術

先にふれた『日本霊異記』に、〝修行によって、「孔雀明王の呪法」を修得した小角は、仙人となって飛ぶことができた〟という要旨の記述がある。

だが、小角の時代に、雑密の「孔雀の咒」は、すでに伝来しており、純密の「孔雀明王の呪法」は、かれの死後に成立するので、小角は仙人の飛行術によって飛ぶことができたのであろう。

かれが葛城山で、山林修行者として修行していたころ、雑密の「孔雀の咒」と、古代中国の道教《どうきょう》の神仙思想による仙人の飛行術は、いずれも、新しい宗教の仏教に入り混じった夾雑物《きょうざつぶつ》として、日本につたわってきたので、小角が仙人の飛行術によって空を飛んでいるにもかかわ

らず、その様子を見た人びとはそれを見抜けなかったとおもわれる。

仙人の飛行術とは、たとえば、松脂《まつやに》、松の実を食べたり、それらと蛇骨《じゃこつ》、土蜘蛛《つちぐも》などを粉末にして、練り合わせてつくった仙薬《せんやく》を服用すると、仙人になって飛行することができるという道教の神仙思想による仙術だ。

それを使う仙人たちは、前漢時代の劉向《りゅうこう》（紀元前七七〜紀元後六年）が書いた『列仙伝』の中に、七十数人出ている。

たとえば、五穀（米、キビ、アワ、ムギ、豆）を断食して、各種の草の花を食べていた赤将子輿《せきしょうしよ》は、たくみに風雨につれて、上下し、飛行することができたという。

道教では五穀は、粗雑不純な気から成るものなので、避けて食べないという辟穀《へきこく》の観念がつよいため、神仙思想では五穀を断ち、松脂、松の実、さまざまな草の花などを食べて、体重を軽くすると、風に乗って空を飛べると信じられていた。

前述した幻想小説「睡蓮　花妖譚六」に登場する小角は、山上ヶ岳の山頂で蔵王権現を出現させるのだが、それ以前には、風に乗って空を飛ぶことにあこがれていた。

飛行術を体得するために、葛城山で最初に修行したのは、よく飼いならした鹿十頭と一緒に走ることであった。一年後には鷹《たか》やとんびのように空に浮かぶことが目標であったが、羽がない。そこで、体重を風よりも軽くするためのまじないを唱えつづけ、精神を統一したところ、体が融《と》けるように大気と一体化してしまい、飛ぶことができた。

飛行術を得た小角は、人びとの目にも、仙人が空を飛んでいるように映ったにちがいない。

こんにち、小角の後世の弟子にあたる修験道の行者が大峰山でおこなう千日回峰行《せんにちかいほうぎょう》の様子を見ても、まるで、仙人が飛ぶように、山をのぼり降りしているごとく、われわれには見える。

古代中国の人びとは、あたかも、空を飛ぶように走ったり、山をのぼり降りする人を、〝僊《せん》人《にん》〟とよんでいる。〝僊〟とは、〝飛揚升高《ひようしょうこう》〟という意味なので、僊人は、高い山を飛ぶように昇《のぼ》る人のことである（長生して高く天に升《のぼ》る人、すなわち仙人のことをいう）。古代中国の人びとは、僊人をそのようなイメージでとらえていたのである。

ところで、司馬遼太郎が、ドナルド・キーン（現・コロンビア大学名誉教授）との対談で、密教の特色について、つぎのように語っているのは興味深い。

> 宇宙というものは風が吹いたりいろいろしているもので、風と自分がいっしょになっていく。宇宙がフッと息をはいたら、風になっていくんでしょうけれども、言ってみれば密教というのは、宇宙の呼吸運動とか消化運動と合わせる方法でしょう。そうすると、同じ気分になったときには雨を降らせることもできるわけで、そういう考え方というものはことばで説明できないので、あの怪奇な仏像、もしくはいろんな咒文で表現するんだろうと

思うのです。（「国際的な真言密教」『日本人と日本文化』中公文庫）

司馬は「空海の風景」第五章においても述べているように、古代インドのドラビダ人の時代から、自然と人間は対立するものではなく、人間の五体そのものがすでに小宇宙なので、小宇宙の人間が大宇宙に一体化することも可能であり、その化する場合の媒体として咒があるという。

したがって、咒を唱えれば、大宇宙の諸現象を自分の思うままに動かすことができるので、風と自分が一緒になって空を飛んだり、雨を降らせることも可能だが、そういう考えかたは、言葉で説明できないためさまざまな咒文で表現するという。その後、アーリア人の時代になると、たとえば、孔雀明王に祈って、空を飛んだり、雨を降らせることを願ったのである。

そこで思いつくのは、明王の像は、怪奇な像だけではないということである。古代インドで明王としては最も早く成立し、信仰されていた孔雀明王は、おだやかな表情の女性の仏像である。菩薩のような優しい顔立ちにもかかわらず、強力な咒文や真言（密教において、仏たちの衆生救済の願いを表す言葉）の力を持つので、真言「オンマユラキランデイソワカ」を唱えれば、歯痛をはじめとする治痛、治病、息災、安産などの祈願から、空を飛ぶことや、雨乞い、鎮護《ちんご》国家などの祈願に至るまで、幅広く験力があると信仰されてきた。

鎮護国家とは、密教の加持祈禱によって、国家を鎮定し保護することである。その好例は、鎌倉時代の文永《ぶんえい》、弘安《こうあん》の時期、蒙古軍が侵入したさいに、幕府八代の執権、北条時宗《ほうじょうときむね》は、鎮護国家を祈願するために孔雀明王と大威徳明王の呪法による加持祈禱を主な真言密教の寺々に命じ、見事に成功している。

孔雀明王の像と対照的なのは不動明王、大威徳明王の像である。孔雀明王の像は、優しい女性像で、その光背（仏像の背後につける光明を表わす装飾）は孔雀の羽がひろがっており、左手に羽を持つ、おだやかな仏像であるのにたいして、不動明王、大威徳明王は、忿怒（怒り）の表情をしており、武器を持ち、火炎を背にしている怪奇な姿の像である。

祈禱僧が不動明王の真言「ナウマクサマンダバザラダンカン」を唱えると、それに感応した不動明王は、仏の教えに従わない悪敵に恐ろしい忿怒の形相で立ち向かい、手にした剣を振りかざして相手を斬り殺したり、背負っている怒りの火炎で人間のもろもろの煩悩を焼き尽くしてしまうと信じられている。

大威徳明王は、名前のように偉大な徳を持つとされている。その真言「オンシュチリキャラロハウンケンソワカ」を唱えるや、まず、明王が乗っている純白の牛が角を振って吠《ほ》えはじめ、つぎに、明王の偉大な徳に感化されない怨敵に対して、手に持っていた剣、鋒《ほこ》などの武器で立ち向かい、降伏《ごうぶく》させてしまう。さらに、怒りの表情をしている六つの顔を向けると、相手は病気になり、血を吐いて死ぬと信じられている（大威徳明王は六面六臂六足《ろくめんろっぴろくそく》の仏像なので、顔、腕、足がそれぞれ、六つある）。

したがって、真言密教は、加持祈禱（空海がつくり出した現世利益の祈願のために組織的におこなう修法）によって生み出される、さまざまな仏像の力といろいろな真言との相乗効果を通して、強い験力を得ようとする呪術宗教である。

「空海の風景」第五章の中には、孔雀明王呪法の加持祈禱について、具体的につぎのように書かれている。

余談のようなつもりで、孔雀についての密教的修法の情景をわずかに垣間見《かいま》ておきたい。まず、孔雀明王の絵像をかかげる。孔雀明王のからだは白い肉色に塗られ、金色の孔雀に乗っている。準備として、必要な密具を置く。大壇上には羯磨杵《かつましょ》、それに孔雀の尾を入れた梵篋《ぼんきょう》、ならびに中瓶《ちゅうへい》には三五茎の孔雀尾を挿し入れる。別に護摩壇、聖天壇、十二天壇を構えなければならない。護摩は一日に三座おこなう。べつに聖天壇にあっては後夜と日中にそれぞれ一座ずつおこない、十二天壇においては初座に一座おこなう。術者は、孔雀明王と合一しなければならないために、手をもって孔雀明王の印《いん》を結ぶ。さらに孔雀明王の真言をとなえる。

引用文について、補足説明したい。

術者（加持祈禱をおこなう密教僧）は、本尊の孔雀明王と一体化するために、自分の体で、孔雀明王と共通の恰好《かっこう》になることが要求される。その印相《いんぞう》は、左右の親指と小指を合わせ、親指は頭であり、小指は尾をかたどる。他の指は羽にあたるので、孔雀明王の真言《しんごん》「オンマユラキランデイソワカ」を唱えながら、精神を集中し、本尊との一体化を念じなければならない。

手によって印をむすぶことを身密《しんみつ》、真言を唱えることを口密《くみつ》、精神を集中させることを意密《いみつ》とそれぞれいう。この三つを三密《さんみつ》とよび、それを同時におこなうことで、体と音と精神を同時にはたらかせるのは真言密教の特色である。

いうまでもなく、明王、観音など多くの諸仏、諸菩薩の像を網羅して、絵に描いたものが、曼荼羅《まんだら》である。それを見ると、真言密教は他の仏教の宗派よりも仏が多い、独自の宗教であることがわかる。

真言密教の複雑さは、諸仏、諸菩薩の性質に応じた役割（人間のための現世利益）の分担があることにあり、その現世利益を引き出すために加持祈禱する場合には、祈る目的（内容）によって、護摩壇にかかげる本尊を決め、その画像を描かねばならないだけでなく、護摩壇もそれに応じて選ぶことが決められている。

壇は正方形、円形、三角形、八角形の各種があるためにその中から選び、その上に置く密具も異なる。しかも、護摩は一日に何座（何回）おこなうか、それも相違しており、密教加持の約束ごとの煩雑さに驚かされる。

ところで、平安時代前期、真言密教の開祖になった空海は、若いころ、役小角と同様に、山林修行者、優婆塞として修行し、シャーマンの世界にあこがれたので、小角の後継者的な人物であった。

雑密の「孔雀の咒」に関心を持っていた空海は、唐に留学した時、純密の「孔雀明王呪法」にもつよい関心を寄せるようになり、唐から帰国する。そのさいに、多数の経典を日本にもたらしている。その中に、『孔雀明王経』（孔雀明王に関するすべての経典）が含まれていた。

空海は厳密な論理家でありながら、強烈な呪術者的体質（矛盾する性質であった）を持っていたので、「孔雀の咒」と「孔雀明王呪法」を『孔雀明王経』と比較、検討し、咒としての験力がある真言を重視した。

真言は、口で咒文のように唱える短い言葉である。たとえば、孔雀明王の真言は、「オンマユラキランデイソワカ」である。

こうして、空海は加持祈禱の創始者、真言密教の開祖になる。空海が確立した真言密教は、行者（密教僧）が真言を唱えて、加持祈禱をおこない、即身《そくしん》にして（生きたままで）大宇宙（大日如来）と一体化しようとする宗教だといえよう。

その一体化には、忍者がやるように印《いん》をむすんだり、真言を唱えるなどのさまざまな動作（しぐさ）によって、しだいに小宇宙の人間がこころを高揚させ、生身のままで、大宇宙に融《と》け、自然現象を自由に動かそうとする所作（呪術的な技術）が不可欠で、それが加持祈禱なのである。

空海は真言密教が持つ現世利益を目的とする側面を、あえて天皇や、貴族たちに誇示するつもりはなかったが、その周辺の人びとに乞われて、天皇貴族の病気を治したり、雨乞いや鎮護国家の祈願（当時、日本と朝鮮の新羅《しらぎ》の間に対立感情があったので、新羅を降伏させるための祈願）をおこなうために、「孔雀明王呪法」の加持祈禱をたびたび実行している。

空海の雨乞い（干天《かんてん》に雨を降らせること）の成功した実例として有名なのは、天長《てんちょう》元年（八二四年）、平安京の神泉苑《しんせんえん》においての孔雀明王を本尊とした加持祈禱である（それ以後、神泉苑は請雨《しょうう》の修法の道場となった）。

その時、空海がどのような護摩壇を使い、護摩を一日に何座（回）おこなったのか、わからないが、加持祈禱は雨乞い、病気平癒、鎮護国家などそれぞれの目的によって異なっていたのである。

空海の死後、その弟子の阿闍梨《あじゃり》（最高の地位に就いている密教僧）や地位の高い修験者（山伏）

たちは、宮廷に入って、天皇、貴族たちの治病・息災、安産、雨乞いなどの加持祈禱をさかんにおこなっている。

たとえば、『源氏物語』をひもといてみればわかるが、平安時代の宮廷では、病気を治療するのは医者ではなくて、阿闍梨、密教僧、修験者であった。

かれらによる雨乞いや安産の加持祈禱は、こんにちの地球科学（今でも、出産は月の運行や潮の満ち干と関係があると考えている人は少なくない）、治病の加持祈禱は現代の医学にあたるもので、その当時は、迷信のたぐいだ、と考える人はいなかった。

第四章 幻想小説（二）

——純密の世界と雑密の世界を映し出す

司馬文学の真骨頂

大威徳明王騎牛像（京都・東寺）

▼高僧の自慰《マスターベーション》による精水《ザーメン》と牛黄加持《ごおうかじ》（純密《じゅんみつ》の世界）

純密の加持祈禱《かじきとう》の世界を興趣満点に描く幻想小説「牛黄加持」（『別冊　文藝春秋』昭和三十五年十二月号に発表。のちに短編集『ペルシャの幻術師』文春文庫に収録）は、平安時代後期、宮廷内における安産祈願の祈禱の奇怪なありようを描いている。醍醐理性院《だいごりしょういん》の僧都《そうず》（最上級の僧正《そうじょう》につぐ地位の僧）の賢覚《けんかく》が、画才のある弟子、義朗《ぎろう》に本尊の孔雀明王《くじゃくみょうおう》の画像を描かせるくだりや、その他の描写場面を読むと、その怪奇さに驚かされる。

前述したように、真言密教《しんごんみっきょう》では加持祈禱をおこなう場合に、まず祈るべき目的（内容）によって護摩壇にかかげる本尊を定め、その本尊は彫像ではなくて、画像と決められている。

そこで、孔雀明王の画像を描かせるために賢覚が義朗に用意させたのは、岩絵具（岩群青《いわぐんじょう》、黄土《おうど》などの鉱物から製する絵具）の他に、白瓷《はくじ》（白い磁器）の鉢と香炉である。

その用意ができるや、賢覚は衣の前をまくり、いきなり陽根（男根）をとり出す。義朗はそれを香で燻《くん》じはじめる。

だが、不犯《ふぼん》の賢覚の陽根は香煙の中で萎《な》えしぼんだまま垂れており、容易に勃起《ぼっき》しない。そこで、後門《こうもん》（肛門《こうもん》）に義朗の指を入れさせると、陽根は兀《こつ》として天を突き指したので、義朗に孔雀明王の呪《しゅ》を唱えさせ、賢覚みずからの掌《たなごころ》をもって陽根をこするや、それは、白瓷の鉢の中におびただしい精水《しょうずい》（精液）を吐き出した。

密教行者として高い地位にある阿闍梨《あじゃり》の賢覚には女犯《にょぼん》が破戒の最大のものなので、稚児《ちご》（僧の身のまわりの世話をする少年）に伽《とぎ》をさせるのが常であった。そのため陽根を勃起させるには、まず後門を刺激することが必要だったのである。

阿闍梨の精水に卵白と膠《にかわ》を入れて攪拌《かくはん》した義朗は、その液体をもって岩絵具を溶いた。それを使って、白い皮膚に白色の衣をまとい、金色《こんじき》の孔雀に乗って結跏趺坐《けっかふざ》している孔雀明王の画像を描くのである。

そこで注目していただきたいのは、作者の司馬がつぎのように書いている文章である。


阿闍利の精水を混入するのは、「行者の心水をもってよく仏天を感じせしめ、本尊即行者、行者即本尊の入我我入《にゅうがにゅう》の妙観にいたらしむ」るという加持の本義にもとづくものであった。


作者は、この「行者の心水をもってよく仏天を感じせしめ、……の妙観にいたらしむ」という加持の本義についての引用文の出典をあげていないが、それは、空海の著書『即身成仏義《そくしんじょうぶつぎ》』である。

『即身成仏義』を典拠にした司馬は、阿闍梨の精水を混入することは、かれの本尊（大日如来《だいにちにょらい》の変身した孔雀明王）に対する信仰心と本尊の仏心《ほとけごころ》が一体になる妙観（妙感）に至らしむるという加持の本義にもとづくものであった、と説明しているのである。

ところで、幻想小説「牛黄加持」の題名になっている〝牛黄加持〟は、実際におこなわれていたのであろうか、そう考えたわたくしが調べてみると、平安時代後期の醍醐寺《だいごじ》の座主、実運《じつうん》が書いた『秘蔵金宝集《ひぞうきんぽうしゅう》　巻上』には、

牛王加持の事。牛王を以《もっ》て水を磨《ね》り、准提《じゅんでい》の真言一百八返を以て之《これ》を加持せしめ、産門に塗る（後略）。

と、書いてある。

そこで、まず、〝牛黄〟について知るために、法制史の研究者、瀧川政次郎の「牛黄考《ごおうこう》」（「続日本紀研究」昭和三十六年四月号）を読んだ。

それによると、牛黄は、牛の胆嚢《たんのう》（胆汁《たんじゅう》を貯蔵、濃縮する茄子《なす》状の嚢状器官《のうじょうきかん》）にできる胆汁成分の結石（胆石）であり、万能薬として使われ、呪術《しゅじゅつ》にも使用されたという。

胆石病にかかり、牛黄を持つ牛は、奈良、平安時代には一万頭中、一頭あるかないかで、しかも、生きている牛から取った牛黄のみが、すべての病気に効く万能薬として珍重された。

さらに、牛黄が持つ医薬的効力は呪術との関連もあるという。霊力があると信じられた牛黄は、誇大に宣伝され、その効能が神秘化されて、医療以外に、除邪《じょじゃ》（災いを除くこと）の呪術に使われたからである。牛黄が万能薬や呪術に最初に使用されたのは、古代のインドであったという。

そこで、わたくしが連想するのは、古代インドで、「孔雀の呪《しゅ》」のように、除邪の呪として使われていた雑密の「牛黄の呪」は、古代のインドから中国経由で奈良時代の日本につたわり、呪術に使用されていたが、平安時代に真言密教によって調整され、安産祈願の加持祈禱（牛黄加持）で使用されるようになったということである。

その後、牛黄は、牛王《ごおう》ともよばれ、牛王宝印《ごおうほういん》の呪符《しゅふ》（災難除《よ》けの護符《ごふ》。熊野神社、高野山、その他の社寺で売られた）の名にも使われ、全国的に有名になり、牛黄の神秘的威力が認められ、ご神体となったり、呪術の用具として使われたからである。

ちなみに、牛黄を持つ牛は、日本ではなかなか見つけることができなかったために、牛黄は中国経由のもので、粉末のものを入手していたが、江戸時代になると、死んだ牛からも牛黄をとるようになり、多く入手できるようになった。

幻想小説「牛黄加持」では、師僧の賢覚から牛黄を持つ生きている牛をさがすように命じられた義朗は、畿内《きない》五カ国で見つけることができず、九州の筑紫《つくし》で発見し、帰京する。

そのころ、匣ノ上《くしげうえ》（正三位権中納言《ごんちゅうなごん》の藤原長実《ふじわらのながざね》の娘、得子《とくし》。美貌で知られ、鳥羽上皇《とばじょうこう》の寵愛《ちょうあい》を受けて入内《じゅだい》していた。のちの美福門院《びふくもんいん》）は、懐妊《かいにん》していたので、賢覚は義朗が持ち帰った牛黄を使い、翌日から牛黄加持の支度にかかり、それに使う准胝観音の画像を描くことを義朗に命じる。准胝観音が男女の産み分けを可能にする菩薩《ぼさつ》だからである。

平安、鎌倉時代の宮廷内における高貴な女性の安産祈願や男女のいずれかの出産を祈願する加持祈禱（牛黄加持）では、阿闍梨とよばれる高位の密教僧の精水が使われていたのである。

前述した『秘蔵金宝集　巻上』の「牛黄を以て水を磨り」の水は、精水である。

したがって、「准提の真言一百八返を以て之を加持せしめ、産門に塗る」というのは、准胝観音の真言「オンサレイソレイジュンデイソワカ」を百八回唱えるごとに、牛黄と水を練《ね》りあわせた粘液を、産婦の産門（生殖器の入口）の周囲に塗ることが牛黄加持なのである。

牛黄をさがし求めることは容易ではなく、しかも、護摩壇は方六尺という決まりで、一分《いちぶ》でもまちがえば効験《こうげん》（効きめ）が減ずるといわれ、加持のたびに新しい護摩壇をつくらねばならず、その加持は、満月の夜に限られており、支度は満月に先立つ十八夜前から始めることが決められていた。

賢覚は、牛黄におのれの精水を混入した粘液で、准胝観音の画像を義朗に描かせ、牛黄加持を初夜から四夜にわたっておこなっている。

結願《けちがん》の夜になって、例のごとく、修法をおこなうために自分の精水をとろうと試みた。だが、持病の労咳《ろうがい》(肺結核)と、たびたび精水をとるので、それが枯渇しはじめていることを自覚する。

そこで、おのれの精水のかわりに、義朗の精水をとることを許可したので、義朗は准胝観音を念じつつ、自分の陽根を懸命に摩刮《まかつ》し、精水を得て画像を描いた。

その半刻後、産婦の匣ノ上は、股間を犠牲《いけにえ》のごとく、准胝観音の画像に向かって開披《かいひ》したので、うしろに拝跪《はいき》した賢覚が、かの女の産門の周囲に指をめぐらせながら、准胝観音の呪《しゅ》(真言)「オンサレイソレイジュンデイソワカ」を一呪《いちじゅ》唱えるごとに、義朗の精水が入った牛黄の粘液を一回塗る。

それを百八回、くりかえす途中で、賢覚は匣ノ上の足もとに臥《ふ》し、血を吐いて倒れてしまう。あわてた義朗は、真言の呪を引き継ぎ、鉢の中の粘液を指に受けて、牛黄加持を成功させる。匣ノ上は、女子ではなく、皇子の体仁親王《なりひとしんのう》(のちの近衛《このえ》天皇)を無事に出産した。

平安時代後期の保延《ほうえん》五年(一一三九年)の匣ノ上の出産前後を描いている幻想小説「牛黄加持」は、『秘蔵金宝集　巻上』を種本《たねほん》の一つとして、作者によって創作されたのだといえよう。

ちなみに、匣ノ上の皇子出産を成功させた賢覚は、権僧正《ごんのそうじょう》に昇格し、義朗は、のちに僧都にまで進み、醍醐寺の一院で不犯の生涯を終えた。

幻想小説「牛黄加持」は、奇怪な安産祈願の加持祈禱（牛黄加持）を軸に、義朗が美女の得子（のちの美福門院）によせる激しい情念を情緒纏綿《てんめん》とつづり、小説巧者としての作者の力量がいかんなく発揮されている。

なまぐさい肉身を持つ若い義朗は、幼いころの得子を数度垣間《かいま》見て以来、想念の中でかの女をおもいはぐくむ。そして、美麗な肢体《したい》を想像し、遊戯観音《ゆげかんのん》に仕立てて、画像を描き、得子を想念の妻《め》として愛し、それを見ながら自慰にふけるありようは印象的だ。

とりわけ、作品中で圧巻なのは、准胝観音の呪（真言）を唱えながら、義朗が匣ノ上の産門に、おのれの精水を混入した牛黄の粘液を塗る、つぎのような場面描写である。

「唵《おん》左《さ》隷《れい》祖《そ》隷《れい》准《じゅん》胝《でい》莎《そ》嚩《わ》訶《か》、唵左隷祖隷准胝莎嚩訶、唵左隷」

唱え、かつ塗り、さらに唱えかつ塗るうちに義朗の意識はふたたび昏《くら》くなり、やがて彩雲の上を踏むような気持にのめり入りつつ、のどだけはひとり慄《ふる》えて、

「唵左隷祖隷准胝莎嚩訶、唵左隷祖隷准胝莎嚩訶、唵左隷」

そこにすでに生身の女御《にょご》はいなかった。義朗はその股間とともに彩雲に乗り、回旋する紫金摩尼《しこんまに》の光をあびて、夜ごとのあの遊戯観音とともに天界に踊躍《ゆやく》した。

義朗が彩雲に乗り、回旋する紫金摩尼の光明をあびて、遊戯観音とともに歓《よろこ》びながら、おどりあがった天界は、作中に明記されていないが、兜率天《とそつてん》である。
それについては、第六章の幻想小説「兜率天の巡礼」で説明するので、記憶にとどめておいてほしい。空海、司馬遼太郎があこがれていた天界である。

▼一万人に一人の外法頭《げぼうかしら》や干し固めた猫の頭などの外法仏《げぼうとけ》を使う歩《ある》き巫女《みこ》（雑密の世界）

幻想小説「外法仏」も、おなじ幻想小説「牛黄加持」と同様に、どろどろとした呪術臭《じゆじゆつしゆう》が弥漫《びまん》する怪奇な加持祈禱を通して、平安時代における僧都《そうず》（最上級の僧正《そうじよう》につぐ地位の僧）、恵《え》亮《りよう》の純密の世界、歩き巫女、青女《あおめ》の雑密の世界、双方を巧妙な筆致で対照的に映し出している。

「外法仏」（「別冊　文藝春秋」昭和三十五年三月号に発表。のちに短編集『ペルシャの幻術師』文春文庫に収録）には、平安中期の時代相を背景に、惟仁《これひと》親王（のちの清和《せいわ》天皇）と、その異母兄、惟《これ》喬《たか》親王との皇太子の座をめぐって、僧都の恵亮《えりよう》（天台宗《てんだいしゆう》の密教）と、紀僧正真済《きのそうじようしんぜい》（真言宗の密教）との間に、くりひろげられる怪奇な加持祈禱合戦のありようが描かれており、一方では、主人公の恵亮と歩き巫女の美女、青女《あおめ》との妖異な関係が、妙趣のタッチでとらえられているのは、一読、巻を措《お》くにあたわずという感慨がつよい。

僧都の恵亮は、太政大臣《だじようだいじん》藤原良房《ふじわらのよしふさ》から、娘明子の産んだ惟仁親王（生後九カ月の乳呑児《ちのみご》）を皇太子にさせるための加持祈禱を命じられた。

それに対抗して、紀氏ノ長者《きのうじちようじや》（氏の統率者）、紀名虎《きのなとら》は、娘静子の産んだ惟喬親王（十四歳）を皇太子にすべく、一族にあたる紀真済に加持祈禱を命じたので、台密《たいみつ》（天台宗の密教）と東密《とうみつ》（真言密教）との間で、激烈な祈禱合戦が展開されるのだが、それ以前に、惟仁、惟喬、両親王の父、文徳《もんとく》天皇は、親王らの外祖父、藤原良房と紀名虎の威勢におびえてしまい、いずれの親王に加担するかについて苦慮し、発熱することさえあった。

このため良房はついに、百歩をゆずり、北面《ほくめん》ノ武士（上皇の御所を警備する武士）の中から、それぞれ騎手一名ずつを選出し、十番の競べ馬《くらべうま》（競馬）をさせ、その勝った側の外孫が、皇太子の冠をつけるという案を出して、文徳帝と紀名虎にしめしたところ、二人はやむなく承服する。藤原氏は白馬。紀氏は栗毛《くりげ》の馬である。

時は天安《てんあん》二年（八五八年）三月二日、午《うま》ノ刻から開始。場所は右近衛府《うこんえふ》の東の広場。そこを使って、一日一番ずつ、十日で勝負を決めることになった。

そこで、太政大臣の良房が僧都の恵亮に命じたのは加持祈禱の験力により、栗毛の馬をして白馬の後を追わしめよということであった。

恵亮がその加持祈禱の本尊に選んだのは大威徳明王《だいいとくみようおう》の画像である。それには純白の牛に乗り、六面六臂六足《ろくめんろっぴろくそく》（顔、腕、足がそれぞれ、六つあって、手に独鈷《とっこ》、杵《しょ》、剣、鉾《ほこ》などの武器を持つ）の真紅《しんく》の仏姿《ぶっし》が描かれている。

大威徳明王は、文字通り、偉大な徳を持つ明王なので、怨敵降伏《おんてきごうぶく》の利益をもたらす仏とされており、行者が真言「オンシュチリキャラロハウンケンソワカ」を唱え、精神を集中して入我《にゅうが》我入《がにゅう》（本尊の大威徳明王と一体になること）の状態に達すると、まず、本尊が乗っている牛が角を振って吠《ほ》えはじめ、明王の手にある武器が怨敵を倒し、降伏させると信じられていた。

ところが、競べ馬では藤原氏の白馬が紀氏の栗毛の馬に四日間も負けつづけた。比叡山《ひえいざん》の延《えん》暦寺《りゃくじ》、根本中堂《こんぽんちゅうどう》の暗い堂内において、白馬を勝たせるために護摩壇と大威徳明王の画像に向かい、加持祈禱をしていた恵亮は、突然、

「青女」

と、歩き巫女の名前をさけび、左手から右手にもちかえた独鈷（金属製の密教の道具である金剛《こんごう》杵《しょ》の一つ。古代インドでは武器として使われていた）でみずからの頭蓋《ずがい》を打ち破り、脳漿《のうしょう》を取り出して香にまぶし、三度それを火中に投じて、ついに昏倒《こんとう》する。

その炎の前でかれが絶命する時、画像の牛がまず、吠え、大威徳明王が剣をあげ、杵（金剛《こんごう》杵《しょ》ともいう。独鈷とおなじく、古代インドの武器）をまわして、まざまざと感応したのである。

恵亮は脳乱したのではない、といわれた。捨身《しゃしん》の修法《ずほう》を験《げん》じ、ついに、その念力によって、

死ぬ寸前であった藤原方の斃馬《へいば》を立ちあがらせ、残る六日を駆け通させて、栗毛の馬をはるかに引きはなし、惟仁親王に皇太子の座を勝ちとらせた。

ちなみに、『平家物語　巻第八』の「名虎《なとら》」と、菊池寛のエッセイ集『好色物語』の「第二十話　競馬と角力《すもう》」によると、『平家物語』では、二人の親王をめぐる経緯《いきさつ》は、概略、つぎのように書かれている。

惟喬親王側の加持祈禱を仰《おお》せつかったのは、東寺《とうじ》第一の長者で弘法大師の弟子、紀僧《きのそう》正真済《じょうしんぜい》であり、惟仁親王側の加持祈禱を仰せつかったのは、藤原良房の祈禱僧で、比叡山の恵亮和尚《えりょうおしょう》であった。

その当時、文徳天皇がおかくれになったために公卿《くぎょう》の人たちは、「われわれの考えで皇太子を選ぶことは選考に私意が入るとみなされ、非難されるにちがいないので、競馬や相撲の勝負によって、皇位におつけするのがよかろう」と合議した。

そこで、真済は東寺に加持祈禱の護摩壇を、恵亮は大内裏《だいだいり》（皇居）にある真言院にそれを設置した。恵亮が一心不乱に大威徳明王に祈ると、すでに十番の競馬が始まっており、初めの四番は惟喬親王側が勝っていたが、のちの六番は惟仁親王側が逆転して勝った。

相撲では、大男の紀名虎と小男の大納言《だいなごん》の伴善男《ばんのよしお》が相撲をとったところ、惟仁親王側の善男の敗色が濃《こ》くなった時、大威徳明王を本尊として加持祈禱中の恵亮が、「これは残念なことだ」というや、突然、独鈷で自分の脳髄を突きくだき、それをどろどろにまぜ合わせて、護摩に焚《た》き、はげしく手をもみ合わせて加持祈禱したので、形勢は逆転して善男が相撲に勝った。それで惟仁親王が即位なさった（のちの清和天皇）。

『好色物語』では、つぎのように書かれている。

（前略）この皇子争ひに関する多くの伝説が残つてゐる。競馬の勝負に依つて決定せられたともいふし、角力の勝負で定められたともいふ。十番の競馬で決定されることになつたが、両方ともそれぞれの高僧智識を頼んで加持祈禱の競争もするのである。既に競馬が始つて、第四番までは惟喬の方が連勝した。すると、惟仁親王方に頼まれてゐる高僧が、非常の手段に出たために、忽ち勝敗の機運が顚倒《てんとう》し後の六番は惟仁親王方が連勝したといはれる。

『好色物語』の引用文の中に、〝惟仁親王方に頼まれてゐる高僧が、非常の手段に出たために〟と書いてある。その高僧はいうまでもなく、恵亮であり、非常の手段に出たためにということについては、具体的に書かれていないが、幻想小説「外法仏」や『平家物語』に出てくる、加持祈禱中の恵亮が突然、独鈷によって、自分の頭蓋を打ち破り、脳漿を取り出し、護摩壇の火中で燃やしたという奇怪な行動にほかならない。

恵亮がなぜこのような怪異のふるまいをおこなったかについて考えてみると、かれが加持祈禱の本尊に大威徳明王を選び、その独鈷で敵《かたき》の惟喬親王を倒したいという暗い情念と、頭蓋を打ちやぶる自己犠牲をはらって、大威徳明王の験力をつよめたいという激烈な情念があいまって、奇怪とおもわれる行動をとったのだ、とわたくしは推理している。

ところで、小説巧者の作者は、歩き巫女の青女を登場させ、かの女が恵亮に出会って以来、妖《あや》しい誘惑のわなを仕掛けており、その結果、恵亮は奇怪とおもわれるような行動に走ったという伏線を敷いていることが、つぎのストーリーの概略を読むとわかる。

ささいな縁で身分の低い歩き巫女、青女と知り合った恵亮は、かの女の美しさと、逢瀬《おうせ》のたのしさにひかれていた。三度目に会った時、腕の中に飛びこんできた白い女の体が早く欲しかった。

青女が「わたくしはただあなた様がほしかったのです」といったあとで、「こんな体でもよければ、いつでも差しあげます。しかし、わたくしが欲しいと思うのはあなた様のとはすこしちがうのです」というと、「どうちがうのかな」と、たずねる恵亮の声に焦《あせ》りがあった。

青女が「申しあげる前に、たしかにそれを下さいますか」と聞くと、恵亮はだまった。女を抱く手をゆるめた。おそろしくなってきたのだ。

それがなんであるのかわからないかれは、その頼みに応じてよいものか、決めかねていたが、女の白い素肌にふれて、長い間の禁欲が恵亮を惑乱《わくらん》させ、かの女の頼みがなんであるのか、わからないままに、だまって、うなずいてしまう。かれが、うなずくのに応じて、青女が体をひらいた時、深い闇《やみ》がきた。

奇妙なことだが、かの女がほしかったのは恵亮の顔であった。実は恵亮は、万人に一人といわれている奇相をしていたからだ。

上辺《じょうへん》で大きくひらいた顔が下辺《かへん》で急にすぼみ、小さな顎《あご》がかろうじて全体の構造をささえており、両眼が、中ほどよりもはるかに下についていた（七福神《しちふくじん》の福禄寿《ふくろくじゅ》、あるいは、才槌頭《さいづちあたま》の顔のたぐいに似ていた）。

当時、そのような顔は外法頭とよばれ、呪術の道具として使われたので、呪術師たちはそれをさがして歩き、外法頭の人に出会うと、「あなたさまの頭をぜひ……」と、生前かららもらう約束をして外法頭の人が死ぬや、すぐにそれを切りとり、六十日間、人びとの往来のはげしい道端に埋めておくと呪力を増すと考えられていた。

外法頭の他に、干し固めた猫の頭、泥人形《どろ》（土葬した頭蓋骨についた泥でつくった人形）などを外法仏《げぼうとけ》、それを使う呪術を外法、その外法を使う呪術師を外法使い、とそれぞれ、よんだ。

青女はその外法使いで、外法頭、干し固めた猫の頭を本尊として、呪術をおこなう巫女であった。

ところで、白馬を勝たせるために連日、護摩壇に向かい、加持祈禱をおこなっていた恵亮は、大威徳明王が感応しないので、白馬が栗毛の馬に負けつづけて四日たったころには、疲れてしまい、精気を失くしていた。

不犯《ふぼん》であるべき僧ではあるが、女犯《にょぼん》をおかしたことが加持のさまたげになることはあるまい、と考えながら、床に伏して夢うつつになっている時、闇の中に青女の白い顔が浮かび、微笑《わら》った唇がわずかにひらき、

「あす、ご祈禱のときに、右手に独鈷をもちかえて、かならず、青女とお呼びなさい。勝てるようにしてあげましょう」

そういうや、かの女の顔が闇に消えた。恵亮が深い眠りにおちた時、床下から這《は》い出した影があった。それは猫の頭が入った外法箱《げぼうばこ》を背負った青女である。かの女は植込みの闇

を縫いながら、杉木立の中に融《と》けた。

青女は恵亮の部屋の下で、外法仏（干し固めた猫の頭）によって恵亮に術をかけ、自分が望む通りに行動するように約束させたのである。

翌日、祈禱していた恵亮は、前夜に、夢うつつの中でかの女からいわれた通りに、独鈷を左手から右手にもちかえ、「青女」とさけぶや、その独鈷を護摩壇の火あかりにきらめかしてみずからの頭蓋を打ち破り、脳漿を取り出し、香にまぶして火中に投じた直後、絶命する。その時、画像の大威徳明王が乗る牛、ついで、本尊の明王が感応したので、競べ馬では白馬が勝った。

この間、小さな異変があった。祈禱の勝利者、恵亮の遺骸が、荼毘《だび》を待つまでの間に、何者かの手によって、首が切りはなされていた。

いうまでもなく、恵亮の首を切りはなして、それを盗みとったのは青女である。かの女は、外法頭の恵亮に最初に出会って以来、故意に近づいて誘惑し、その外法頭を自分のものにしたのである。

わたくしが注目したのは青女が外法使いゆえに、おなじく外法頭とよばれているが、猫の頭よりも、恵亮の頭を本尊として祈るほうが、比較にならぬほど呪術の効きめがあることを知っていたからだ、と考えている。

幻想小説「外法仏」に登場する歩き巫女、青女は、種本の一つともいうべき『平家物語』には出てこないので、創作人物であり、作者の小説巧者としての面目躍如たるものがある。

わたくしが恵亮のような身分の高い人の外法頭の実例について調べてみると、鎌倉時代の歴史的な大事件を公家の立場から書いている『増鏡《ますかがみ》』（増補版本）の巻八に、太政大臣西園寺公相《だじょうだいじんさいおんじきんすけ》が病死した時に起こった事件について、つぎのように書いてある記述文を見つけた。

御葬儀の夜、御棺にお入れになった御頭を、人が盗み出していった、というのはじつに珍しいことであった。公相公の御顔が下短かで（額が広く、顎《あご》が短く）、顔の中ほどに御目がおありだったので、外法《げほう》〈注〉の神とかを祭るのに、このような形の生首《なまくび》が必要だといって、なんとかいう僧で、東山の辺に住んでいた者が、それを取ったというので、後に表沙汰《ざた》になってうるさい問題が起こったのであった。（井上宗雄『増鏡』（中）講談社学術文庫 昭和五十八年）

この引用文の中に、外法についての〈注〉があり、引用文のあとに、その注釈が書いてある。それによると、「天狗《てんぐ》から法を伝えられたと称する妖術で、その神を祭り、妖術を行なうときに、上が大きく下が小さい頭（外法頭《げほうあたま》）を用いるという。公相が外法に凝《こ》っていたわけではない」と書かれている。

鎌倉時代には、高貴な公家の外法頭が珍重《ちんちょう》され、現代人には意外とおもわれる目的で使用されていたことがわかる。

外法頭、干し固めた猫の頭、泥人形（外法頭の頭蓋骨についた土でつくった仏像）などについては、江戸時代の生活風俗を考証、収録した随筆『嬉遊笑覧《きゆうしょうらん》』（著者は喜多村信節《きたむらのぶよ》）の巻之八に、『竜宮船《りゅうぐうぶね》』という本にある話として、概略、つぎのような記事を紹介しているのを見つけた。


わたくし（後藤梨春）の隣家を毎年、相州（相模国《さがみのくに》。現・神奈川県）から訪れる巫女がいた。ある時、かの女が袱紗包《ふくさづつみ》を置き忘れたことがあったので、それを開いてみると、二寸ほどの厨子《ずし》、一寸五分ほどの仏像、干し固めた猫の頭があった。

ほどなく忘れた袱紗包を引き取りにきた巫女にこの仏像はなにかと、たずねると、秘密なのだが、恩もあるので、あえて打ち明けるといって、この仏像はわが家に六代にわたってつたわるものだという。

常ひごろから、異相の人を見立てておき、生きているうち、その頭蓋骨をもらう約束をして、その人が死ぬまぎわに首を切り落とし、往来のはげしい道の土中に十二カ月、埋めておき、その後、取り出して髑髏《どくろ》についた土で、このような仏像をつくって方術をおこなうと、験力があるという。

もう一つの獣（猫）の頭のこともたずねたところ、これは語りにくいわけがあるのだろうか、大切なこととばかりいったという。かの女こそ、世にいう外法使いという者であるにちがいない。

これらの記述を読むと、幻想小説「外法仏」の種本として、『平家物語』の他に、『増鏡』、『嬉遊笑覧』などを加えることができる。

外法使いの歩き巫女は、外法箱に入れた外法頭、猫の頭などを本尊として、庶民を相手に祈禱するために山里の村や町をまわった。

歩き巫女の中には、「外法仏」の青女のように、宮廷内の加持祈禱を混乱させたという疑いで、検非違使《けびいし》（京中の治安維持の役人）につきだされた者もいたにちがいない。いかがわしい妖術で一般の人びとをたぶらかしたという罪によってつかまる者がいた実例は多い。

歩き巫女は、山伏と夫婦になり、国々をまわって祈禱した。行者《ぎようじや》くずれの悪質な山伏は、笈の中に妖艶《ようえん》な男女の合歓仏《ごうかんぼとけ》や、歓喜天《かんぎてん》の絵像を入れ、それを本尊として祈りつつ、子供がさずかるとだまし、催眠術にかけて、新妻、娘を犯す者もいたので、その筋《すじ》からにらまれた。

ここで、幻想小説「牛黄加持」と「外法仏」を通して、気づいていただきたいのは純密の厳格で組織的な加持祈禱と、雑密の呪術との違いである。

前述したように、古代インドで成立した純密は、日本に導入されたのち、平安時代に理論的な体系の真言宗、天台宗として整備され、精密な儀式（護摩壇をすえて、加持祈禱を組織的におこなう修法《ずほう》）が確立する。

「牛黄加持」では、そのような真言宗の修法による奇怪な安産祈願のありさまを通して、平安時代後期の宮廷内における公家社会の純密世界を映し出している。

「外法仏」では、皇太子の座をめぐる真言宗と天台宗の修法の争いのありさまを通して、平安時代中期の公家社会の純密世界を描いており、その一方では、市井《しせい》の巫女、青女を登場させ、かの女が使う外法《げぼう》（怪異な呪術）を通して、民衆社会の雑密世界の一面をとらえている。

なぜかというと、『嬉遊笑覧』に記載されているように、外法使いの歩き巫女は、干し固めた猫の頭や、外法頭の頭蓋骨についた土でつくった泥人形（仏像）を入れた外法箱によって、古代インドの雑密のまじない、うらないのたぐいの呪術を使い、庶民を対象にして、その要求にこたえていたからである。「外法仏」では、そのような民衆本位の巷《ちまた》でおこなわれた雑密世界をのぞかせている。

山伏は、本尊の不動明王や、男女の合歓仏の絵像、彫像を入れた笈などをつかって、精密な儀式ではなく、笈を地上にすえて、護摩壇とみなしながら、一般の人びとに理解しやすい言葉と、儀礼的で、簡略な祈禱をおこなった。それが、巫女や山伏の民衆社会における雑密世界であった。

それにたいして、精密な儀式を本領とする真言宗《しんごんしゅう》、天台宗《てんだいしゅう》の高位の密教僧が、天皇、貴族を中心に、宮廷でおこなう純密世界は、異なっていたのである。

そこで、わたくしが再強調したいのは、平安時代の公家社会の純密世界を描出した幻想小説が「牛黄加持」で、その純密世界と民衆社会の雑密世界を対比させて描くとともに、双方の呪術があいまって、効力を発揮するありようを描いた作品が「外法仏」である。

恵亮が大威徳明王を本尊として懸命に祈禱したものの、純密の呪術の効きめはなかったが、巫女の青女がおこなっていた雑密の呪術が加わることによって、祈禱の効きめが発揮される顚末を物語性ゆたかに描いており、作者の創意を見出すことができる。

▼高僧の頭蓋骨（髑髏《どくろ》）に、男女の性交による愛液を塗った外法頭を本尊とする真言立川流《しんごんたちかわりゅう》

ところで、幻想小説「外法仏」において、頭蓋骨（髑髏）が、呪具《じゅぐ》（呪術の道具）として使われているのは看過できないことである。猫、犬、狐、猿の頭蓋骨を使うのは日本独自の呪法である。巫女に限らず、シャーマン（呪術師）が人間の頭蓋骨を呪具に使う実例は、中国には昔

からみられた。

中国宋、元の時代についての随筆『輟耕録《てっこうろく》』には、宋の理宗《りそう》の髑髏がその陵墓から盗まれた時、それを盗んだのは外法使いにちがいないといううわさが流れた、と記載されている。中国の皇帝の陵内から頭蓋骨がなくなると、外法使いが犯人だとみなされたのである。『増鏡』に出てくる、公家、藤原公相の外法頭が棺から盗まれたという事件は、そのような中国の呪法の影響であろう。

日本では、公家などの他に高僧の頭蓋骨（外法頭を含める）が外法に使われた。身分の高い公家などと同様に、高僧のそれは強力な呪力の源泉だと信じられており、幻想小説「外法仏」の僧都の恵亮が加持祈禱の最中《さなか》にみずからの頭蓋を打ち破ったのは、高僧であるおのれの頭蓋骨を犠牲にすれば、大威徳明王の験力をいっそう強めることができる、と確信していたからである。

平安時代後期には、高僧の頭蓋骨、外法頭を本尊とする加持祈禱がおこなわれた。さらに、鎌倉時代後期から南北朝時代にかけて、高僧の頭蓋骨に男女の性交による和合水《わごうすい》（愛液）を塗った外法仏を本尊とする邪教が流行した。

真言密教の異端的な一派である真言立川流だ。その指導者、文観《もんかん》が、後醍醐《ごだいご》天皇の崇拝を受けたため、邪教であるにもかかわらず、一時期には、真言立川流こそ密教の正統とみなされかねないほど流行した。

当時、王政《おうせい》回復を夢みて鎌倉幕府を倒すことを企てた後醍醐天皇も、女官《にょかん》、女御《にょご》（天皇の寝所につかえる高位の女性）を相手に媾合《まぐわ》い、その和合水を高僧の頭蓋骨に塗り、それを本尊として加持祈禱をおこなうと、怨敵《おんてき》である幕府を降伏できると信じたので、天皇みずからが、密教僧の衣を着て、立川流の修法に熱中した。

立川流は、天皇、公家などの支配階級から市井の人びとに至るまで、長い間にわたって流行し、明治維新の太政官令《だじょうかんれい》で廃絶された。

幻想小説「伊賀者」（『司馬遼太郎短篇全集　第七巻』文藝春秋刊に収録）は、戦国時代末期、伊賀忍者たちの間で流行した奇怪な立川流のありようを映し出した短編である。それについては後述する。

ちなみに、立川流をあつかった小説はきわめて少ないが、その研究書も、ごくわずかしかない。代表的な著作は、水原尭栄《みずはらぎようえい》の『邪教立川流の研究』（進文堂書店　昭和六年）である。

一九五〇〜五一年（昭和二十五〜二十六年）ごろ、産業経済新聞社の京都支局で、宗教と大学を担当していた二十代後半の司馬遼太郎は、高野山において当時六十代の水原尭栄に会う前に、かれを知る僧から、尭栄が不犯の清僧《せいそう》として折紙つきであることを知らされている。

わたくしは稀覯本《きこうぼん》となっている『邪教立川流の研究』を読み、清僧の著者が書いた内容とはおもえないので、度肝《どぎも》を抜かれてしまった。性欲を大肯定《だいこうてい》し、性交こそ即身成仏（生きながらにして仏となること）に至る修行であると説く立川流は、性交を尊《たっと》ぶ宗教であり、性《セックス》の宗教哲学にほかならないからだ。不犯の清僧が性交を尊重する宗教の深奥をさぐるのは、ふさわしくないようにおもえるが、清僧とて肉欲に生身《なまみ》をさいなまれなかったはずはない。

わたくしは、尭栄は学僧だという印象を受けた。立川流の基本的な史料は、邪教という理由で焼却遺棄されたため、その残存史料がごくわずかであり、それをさがし出して研究することは学究肌の僧でなければ不可能だからである。

かれがその著書『邪教立川流の研究』の中で公表している『受法用心集』（鎌倉時代中期、文《ぶん》永《えい》七年〈一二〇七年〉、越前、豊原寺の心定誓願房《しんていせいがんぼう》の著書）は、立川流の本尊のつくりかたについて興味深く述べた注目すべき史料である。

だが、その記述文は漢文調の文章でわかりにくいので、尭栄に次いで立川流の研究に貢献した守山聖真の『立川邪教とその社会的背景の研究』（碩文社から復刻版刊行　平成九年）の第七章「立川流の本尊建立」（『受法用心集』にある立川流の本尊のつくり方をわかりやすく解説している）を参考にして、概略すると、つぎのようになる。

本尊を作るには髑髏が必要である。智者や高僧の髑髏、あるいは千頂《せんちょう》（千人の頭蓋骨の頂上を取り集め、粉末にして、それを練った髑髏など）を本尊にする。

まず、髑髏に良質の漆を塗って箱の中に納めておく。つぎに重要なのは、十分に話し合って了解のついた見目《みめ》麗しい美人と交合し、その和合水（愛液）を髑髏に百二十回、塗ることである（見目よき女性をさがし出し、行事参加に同意してもらうのは本尊建立に不可欠なのだ）。

さらに、毎夜、交合し、和合水を髑髏に百二十回、塗る真夜中には、反魂香《はんごんこう》を焚《た》き、その真言を千回、唱える。これらの行事が終わったのち、髑髏の上に銀薄《ぎんぱく》（箔）と金薄《きんぱく》（箔）をそれぞれ三重に押す時にも、和合水を使う。その髑髏を護摩壇に安置し、珍酒佳肴《ちんしゅかこう》をそなえて、七年間供養すると、八年目に本尊の験力を発揮する。

『受法用心集』によると、髑髏を使う理由は、人の心の三魂七魄《さんこんしちはく》が、死後、三魂は六道《ろくどう》（人が善悪の業《ごう》によっておもむき住む六つの迷界。すなわち、地獄・餓鬼・畜生・修羅・人間・天）で生を享《う》け、七魄は骸《むくろ》を守る鬼神となるので、髑髏を養えば喜んで行《ぎょう》をおこなうものの望みにしたがって福を与える、とされているからだという。

さらに、『受法用心集』には、髑髏に和合水を塗るのは、男女の二滴《にてき》（精水と愛液）が混ざった和合水には三魂七魄が備わっていて、髑髏にそれを塗ればその中の三魂が髑髏にとどまっている七魄と結合して生身の本尊となるためであるという。

『邪教立川流の研究』の著者、水原堯栄は、この髑髏本尊という思想と古代エジプトにおける魂魄再還には関連がみられると書いている。

立川流の流行期には、真言宗、天台宗の阿闍梨たちが、権力と地位を得るために、手間のかかる外法頭をつくり、それを本尊として宮廷内の争いに加担する加持祈禱をおこなっている。公家たちがその娘を皇室に入内《じゅだい》させるのを企てたり、そのライバルを遠ざけようとする時、阿闍梨に加持祈禱をたのんだ。それは、宗教界だけでなく、貴族社会における高僧たちの権力と地位を確立させるのに役立った。

わずらわしいつくりかたが要求される立川流の外法頭は、一般の僧侶、山伏、忍者などの立川流の行者には、たやすくつくれないので、外法頭と称した偽物を本尊として、簡略な祈禱をおこなって、市井の人びとをまどわす者が少なくなかった。

行者の中には、立川流の本尊に髑髏を使わず、怪奇な曼荼羅図《まんだらず》を使う者もいた。裸の男と女の仏が抱擁して秘所をあわせている男女合歓仏《だんじょごうかんぼとけ》の絵図である。それは男女の合歓の境地こそ極楽だとする立川流の行法《ぎょうほう》を表現した画像だ。

男女の行者は、床の間に一幅の曼荼羅図を懸け、その前に香華《こうげ》をそなえ、香煙に一糸《いっし》まとわぬ裸身を燻《くす》べながら、絵図とおなじ立川流の行法を行《ぎょう》じるのである。

幻想小説「伊賀者」には、戦国時代末期、周囲を山にかこまれた伊賀忍者のふるさと、伊賀盆地に、おそるべき勢いで立川流が大流行し、曼荼羅図を使う伊賀忍者たちの腐敗、堕落してゆくありようが、妖艶、巧妙な筆致で映し出されている。

以上、述べてきたように、立川流は、人間の性欲を肯定する傾向がつよい左道《さどう》密教（左道とは、邪道という意味があるので、教義が性的なほうにかたむいた密教のこと）であり、上流・支配階級の人びとから民衆に至るまで、長い間、信仰されてきたのである。

ここで、強調したいのはこの立川流は、チベット仏教の影響を受けているということである。チベット仏教では、高位の僧侶は、活仏《かつぶつ》（生きている仏）として崇拝されたので、初夜権を持ち、結婚前の娘と性交することによって、娘を祝福した。

チベット仏教では、日本の真言密教に似ており、男女合歓仏である〝妙適像《みようてきぞう》〟が崇拝された。妙適とは、男女が性交し、恍惚《こうこつ》（エクスタシー）の境地に達することである。それは、本質として清浄（清らかで、汚れていないこと）で、即身成仏《そくしんじようぶつ》の悟りを求める境地にほかならないという古代のインド密教にその源流を求めることができる（妙適《エクスタシー》については、古代インドの経典『理趣経《りしゆきよう》』の解釈のくだりで、後述するので、記憶にとどめておいてほしい）。

密教は、七世紀後半にインドにおいて純粋密教が成立するまでの過程で、以前から信仰されていた民族宗教、ヒンズー教の生殖崇拝の影響をすでに受けていた。それは、リンガ（男根）

とヨーニ（女根）の一体（合一）化による生殖崇拝である。

密教成立とおなじころ、西南インドでは、商人たちが航海術を持っていたアラビア人との貿易によって大きな富を得ていた。かれらは性欲を肯定し、男女の交合を中心とする生殖崇拝を重視して、現世を謳歌《おうか》しながら、即身のまま成仏することをねがったため、密教が誕生した。

その経緯《いきさつ》について、司馬遼太郎は『微光のなかの宇宙　私の美術観』（中公文庫）の「密教の誕生と密教美術」の中で、概略、つぎのように述べている。


西南インドの海岸は、密教成立のころ、航海術を持ったアラビア人との貿易で栄え、多くの貿易成金が成立していた。

インドのダイヤモンドが最も貴い宝石として西方の文明世界へ流れた。その仲介商人が、アラビア人であったろう。

インド人貿易業者の富は大きなものになった。かれらはすばらしい邸に住み、美しい女たちに囲まれて現世がいかにいいものかを知った。もし蓄積された富を持ったまま——即身のまま——成仏できるとすればどんなにいいだろう。

そういう願いが即身成仏を修行の核とする密教を誕生させたのではないかと思える。

当時はアラビア貿易によって勃興した富商の時代であり、さらには、釈迦の時代にはアーリア系の上部階級にたいして頭を上げえなかったドラビダ系が、商業によって実力を持った時代でもあったのだろう。

この概略文から推察できるのは、このような成り上がりの富商たち（アーリア人の一部の人びとも含む）の願いが、いわば土壌となり、男女の性交を大肯定する古代インドの経典『理趣経』が生まれたことである。そして、この『理趣経』を唐の都、長安《ちょうあん》で読んだ留学中の空海が日本に持ち帰り、真言密教の根本経典にした。

「空海の風景」を通読すると、若いころからみずからの肉欲に悩み、性交を体験したにちがいない空海が、留学中の長安で『理趣経』を読み、性欲はいやしいものではなく、性欲そのものも、また、仏である、と痛感し、それを日本に持ち帰って、真言密教の根本経典にしたことがわかる。

「空海の風景」第三章には、『理趣経』の冒頭の第一句から、「いきなりあられもないほどの素直さで本質をえぐり出している」という文章が載っている。

その冒頭の句とは、つぎのとおりである。

妙適清浄の句、是《これ》菩薩の位《くらゐ》なり

欲箭《よくせん》清浄の句、是菩薩の位なり
触《しょく》清浄の句、是菩薩の位なり
愛縛清浄の句、是菩薩の位なり

司馬は、この四句をおおむねつぎのように説明している。

妙適とは唐語においては男女が交媾《こうこう》して恍惚の境に入ることをいう。

妙適清浄の句という句とは、文章の句のことではなく、ごく軽く事というほどの意味であろう。

「男女交媾の恍惚の境地は本質として清浄であり、とりもなおさずそのまま菩薩の位である」という意味である。

以下、しつこく、似たような文章がならんでいく。インド的執拗さと厳密さというものであろう。以下の各句は、性交の各段階をいちいち克明に「その段階もまた菩薩の位である」といいかさねていくのである。

第二句の、

「欲箭」

とは、男女が会い、たがいに相手を欲し、欲するのあまり本能に向かって箭《や》の飛ぶように気ぜわしく妙適の世界に入ろうとあがくことをさす。この欲箭たるや宇宙の原理の一表現である以上、その生理的衝動の中に宇宙が動き、宇宙が動く以上清浄でないはずがなく、そして清浄と観じた以上は菩薩の位である……。

「触」

とは、男女が肉体をふれあうこと。それもまた菩薩の位である。

「愛縛」

とは、男女がたがいに四肢をもって離れがたく縛り合っていることも清浄であり、菩薩の位であると断ずるのである。

そこで、参考になるのが花山《はなやま》勝友《しょうゆう》監修の『[図解]密教のすべて』（光文社知恵の森文庫　平成十年）である。それには、つぎのように書いてある。

> 清浄は理趣経のメインテーマの一つで、「私たちの日常のいろいろな行為は、本来は清らかなのだ。自分を中心にすえ、表面で区別し、比較する心で見るから、汚れていたり悪く思えたりする。早く本当の清浄の境地にたどりつきなさい」と説いてもいるのです。

『理趣経』に書いてある妙適、愛縛などの行為は本来清浄なおこないであるから、それを悟って性交を大いに肯定し、清浄な境地に達することがのぞましい、とすすめているのである。

「空海の風景」第三章の中で、司馬遼太郎は『理趣経』についてのおもしろいエピソードを語っている。奈良の東大寺に、「東大寺でもっとも多くよんでおられるお経は何ですか」と、電話をかけてきくと、意外にも空海が自分の思想の核心においた『理趣経』であったという。

東大寺は空海以前の成立で、華厳《けごん》宗の寺だが、空海が後年、真言密教の始祖でありながら、この大寺《おおでら》の別当《べっとう》（長官）として一時期在山したために華厳の他に、真言密教の教義が入っているといわれている。

その後、司馬が高野山に登った時、朝六時からの勤行《ごんぎょう》に出ると、そこでよまれていたお経も、『理趣経』だとわかった。それに書かれている性愛のなまなましい姿態的説明は、漢音《かんおん》で音読されているためにその極彩色的情景を想い描くことなしに済んでいるという。

空海の死後、かれの密教も左道化した。チベット仏教の影響もあって、それに酷似する真言立川流が成立したからである。

十二世紀の鎌倉時代のころ、『理趣経』の性愛についての字句的解釈を知った僧が、それのみを取り出して独立させ、難解な『理趣経』を理解することはなんでもない、と主張して、性交こそ、密教本来の目的である即身成仏の道にほかならない、と説いたのが真言立川流だという。その僧は、真言立川流を開基したとされる仁寛《にんかん》なのかは定かでない。

それはともかくとして、〝性交こそ密教本来の目的である即身成仏の道だ〟というのは、真言密教を確立した空海の本意ではなく、空海自身は密教の左道化を最も警戒したが、「空海の体系には、性欲崇拝を顕在化させる危険が十分内在したというべきであろう」と、司馬は「空海の風景」第二十六章で述べている。

第五章

幻想小説（三）
――山伏、忍者、幻術師の関連

▼〝山伏（行者《ぎょうじゃ》）兵法《ひょうほう》〟から忍術は生まれているので、修験道《しゅげんどう》が忍術の源流

十三詣《まい》りで、はじめて大和《やまと》の大峰山《おおみねさん》に登った司馬少年は、その登山路でしばしば山伏の団体に行き合い、子供心に異様で気味悪い印象を受けた。

だが、修験道の開祖で伊賀《いが》忍者の祖ともいわれている役行者《えんのぎょうじゃ》や山伏（修験者《しゅげんじゃ》）には、生涯を通してつよい関心があった。

山伏は、山臥《やまぶし》（伏）修行（野山に臥《ふ》し、寒天の下で滝にうたれ、飛ぶように走るなどの荒行《あらぎょう》の修行）をかさね、験力《げんりょく》（呪力《じゅりょく》）を体得するので、修験者ともいう。

室町時代末期から江戸時代にかけて日本に来た南蛮人たちは、山伏が悪魔のような身なりをしながら加持祈禱《かじきとう》をおこない、悪霊を追いはらう様子を見て、山伏を〝悪魔につかえる魔法使い〟とよんでいる。

五大明王《みょうおう》に数えられる不動《ふどう》明王と大威徳《だいいとく》明王は、本尊である大日如来《だいにちにょらい》の命令に従い、如来に代わって山伏を守護する役割がある。そこで、山伏はそれに感謝するために本尊の大日如来や、守護者の不動明王と大威徳明王に一体化し、入我我入《にゅうがにゅう》の加持祈禱をおこなうことを理想とする。

したがって、山伏は、不動明王、大威徳明王が体にまとうものと似ている異様な装束を着て、

おどろおどろしい雰囲気の中で加持祈禱をした。それはまさに〝悪魔につかえる魔法使い〟の所作に見えたのである。

かれらが崇拝する役行者は、若いころ、葛城山《かつらぎさん》で修行し、験力を体得したのち、さらに医薬術、催眠術、気合術（修験道の三術という）を編み出したので、山伏もこれらの三術を身につけるために修行し、医薬術と催眠術によって民衆からの支持を得た。

役行者と同様に、山林修行者の山伏は樹皮、草根などから漢方薬をつくったり、医巫《いふ》（医術と呪術）に通じていたので、人びとの病気を治したり、催眠術応用の手術をほどこして、怪我《けが》、その他に対応したからである。

民衆の支持を得て、味方にした山伏は、権力者と戦う機会も多かったため、人びとから情報を集め、それを間諜《かんちょう》、謀計に使った。そのさいに応用したのは、古代中国の『孫子《そんし》』の兵学「用間術《ようかんじゅつ》（間諜術）」である（それと忍術との関連については、奥瀬平七郎『忍術　その歴史と忍者』〈新人物往来社　平成七年〉にくわしい）。

個人戦では気合術を使った。相手に突然、大喝をくらわせ、瞬間的に虚心状態におちいっている隙《すき》に姿を消したり、無言の気合（念力の凝縮）によって敵の自由を束縛する術（不動金縛り術）を使い、敵の眼前から逃げ去った。

気合術は、隠形遁身術《おんぎょうとんしんじゅつ》（真言密教の行者が呪術によって身を隠《かく》す術）や、忍者の隠形の忍術

（隠形の印をむすび胸中で真言《しんごん》を唱えて、姿をくらます術）と共通している。

山伏が使った『孫子』の用間術、催眠術、気合術は、〝山伏（行者）兵法《ひょうほう》〟とよばれ、実戦において活用された。

それをゲリラ戦術として応用したのは楠木正成《くすのきまさしげ》である。河内《かわち》の賤民《せんみん》の長《おさ》（かしら・頭領）として力をたくわえ、やがて豪族となった一族に生まれた正成は、山伏、歩き巫女《あるきみこ》、クグツ（傀儡子《くぐつ》。あやつり人形使いの漂流芸人）など各地を放浪し、情報にくわしいかれらを使い、後醍醐《ごだいご》天皇の鎌倉幕府打倒を助けた。

後醍醐天皇は真言立川流《しんごんたちかわりゅう》の熱烈な信者なので、真言密教《しんごんみっきょう》系の山伏と関連のある正成と親密になった。味方の葛城の山伏たちから、正成は〝葛城の山伏の親方〟とか〝楠木流忍者の長〟とよばれた。

少数の兵が幕府の大軍にゲリラ戦で対抗し、敗れても巧みに逃走したり、残党狩りの網に一人の兵もかからずに逃亡した。かれらを指揮した正成は、親方、長といわれるのにふさわしかったのである。

「服部半蔵《はっとりはんぞう》」「伊賀者始末」などの優れた忍者小説の作家、戸部新十郎《とべしんじゅうろう》は、『忍者の履歴書』（朝日文庫）の中で、つぎのように述べている。

（前略）楠一族と服部一族とは姻戚関係にあったというわけだ。（中略）
重複するが、楠正成は伊賀忍者四十八人を召し抱えていたといわれる。神出鬼没のその活躍はかれ自体忍者的である。服部氏との婚姻関係は、たぶん事実なのだろう。

正成の楠木一族と、伊賀忍者を代表する服部一族とは婚姻関係があったので、正成が四十八人の伊賀忍者を召し出して、家来にするのは容易であったという。かれが伊賀忍者たちを使い、神出鬼没のゲリラ戦を展開できたのは、正成自身も忍者的存在だったので、楠木流忍者の長とよばれたのだ。

南北朝時代にはすでに伊賀忍者が存在していたことや、謀計の知恵によって、姿を顕《あらわ》しながら敵中に侵入し、諜報《ちょうほう》活動をおこなう〝陽忍《ようにん》〟と、人目をくらまして忍び入り、諜報ばたらきをする〝陰忍《いんにん》〟の忍術が成立しているので、山伏兵法が、忍術の成立過程においてすでに影響を与えていたことになる。

ここで、山伏兵法から忍術は生まれているので、修験道が忍術の源流であることに注目してほしい。

ところで、山伏につよい関心を持っていた司馬遼太郎が、京都の宗教新聞「中外日報」に、忍者を主人公とする「梟《ふくろう》のいる都城」（昭和三十三年四月から昭和三十四年二月まで連載。のちに

『梟の城』と改題）を連載する経緯《いきさつ》をさぐってみると、おもしろい。

一九五八年（昭和三十三年）の三月、「中外日報」連載の今東光《こんとうこう》の歴史小説「山法師」（一九三五年〈昭和十年〉、『僧兵』の題名で刊行された作品に若干、手を加えたもの）の完結が近づいていた。今東光は、一九五七年（昭和三十二年）一月、「お吟《ぎん》さま」で直木賞を受賞した僧侶《そうりょ》作家で、比《ひ》叡山延暦寺《えいざんえんりやくじ》の修行時代の体験を投影する「山法師」を、社長になっていた「中外日報」に連載し、平安時代後期における延暦寺の山法師（僧兵）や各地の僧徒、山伏たちの騒乱を描いたのである。

「中外日報」は、全国の僧侶、神主《かんぬし》だけを読者とする特殊な日刊の郵送紙なので、購読者にふさわしい作品だとおもって「山法師」を自社の新聞に連載した。だが、不評であった。

そこで、当時、無名の新聞記者であった司馬に、親友で、「中外日報」の編集長の青木幸次郎が、「埋め草がわりに小説を書かないか」とたのんだ。それに応じた司馬は、以前からその新聞を毎日、読んでいたので、山伏兵法を使う山法師、あるいは山伏よりも、読者に親しまれている忍者を主人公にして、「山法師」より、はるかにおもしろい小説を書こうと決意する。

「梟のいる都城」の連載が始まるや、坊さんたちの読者から好評の手紙が届いたので、編集長の青木は、「おもしろいから三割ほど部数をふやすつもりで書いてくれ」とはげました。

そこで、新聞記者と忍者が似ているのをふまえて、忍者を通して新聞記者である自分自身を書こうという現代的な発想から、読者を意識しながら筆をすすめた。新聞記者は無記名で記事を書き、特ダネをとったところで報いも出世ものぞめないが、自分の仕事に情熱をかたむけることが理想である。

忍者が手柄を立てても同様である。主人公、伊賀忍者の葛籠重蔵《つづらじゅうぞう》が、いわば、新聞記事の特ダネにあたる秀吉の首を討ち取っても手柄にならず、出世もありえない。忍術という技術（新聞記事の文章を書く技術もかさねている）を深めていくことだけに人生の美を感じて生きる重蔵は、たとえていうならば〝大記者〟であり、忍者の社会から抜け出し、武士になろうとする風間五平《かざまごへい》は、地位の栄達をのぞむ〝出世主義者〟にすぎない。

このように、忍者と新聞記者である自分をかさねて描き、山伏よりも読者にわかりやすい忍者を通して、雑密《ぞうみつ》を映し出そうという創作意図があった。

すでに、本書の第三章の雑密についての説明で述べたごとく、古代インドのドラビダ人の雑密の時代は、小宇宙である人間が自然である大宇宙と対立するのではなく、一体化することも可能であり、人間と自然を媒介するものとしての雑密（呪《しゅ》、呪《じゅ》）があったことをおもいだしていただきたい。

おなじく第三章で引用したドナルド・キーンとの対談において、司馬は密教が宇宙の呼吸運動と合わせる方法であり、それとおなじ気分になった時には雨を降らせることもできるわけで、そういう考えかたというものは、言葉で説明できないので、奇怪な仏像、もしくは、いろんな呪文《じゅもん》で表現するのだろうと思う、と発言をしている。

要するに、雑密（雑部密教）、純密《じゅんみつ》（純粋密教）、いずれの密教の密も、宇宙（天象《てんしょう》）の動きの深奥という意味であり、教は、その深奥の教えという意味なので、その中に入って、風や雨の気息《きそく》と自分の呼吸を一体化させた時、風を起こしたり、雨を降らせることができるという教えだといえよう。

そういった観点から、幻想小説「梟の城」を読んでみると、その中で雑密が忍者のかたちで具現化されているのは、伊賀の老忍者、下柘植次郎左衛門《しもつげじろうざえもん》が、宇宙（天象・日月星辰土水風雨）の動きに応じて呼吸し、星天にもかかわらず、風をよび、雨を降らせるありようを映し出している名張川《なばりがわ》の川瀬の場面描写（「おとぎ峠」の章）である、とわたくしは指摘したい。

「木さると五平」の章において、下柘植次郎左衛門の娘で、五平の許婚者《いいなずけ》の木さるが、四条《しじょう》川原《かわら》で晴天にもかかわらず、群衆の頭上に雨を降らせる有様は、群衆に幻戯《めくらまし》（実は、集団催眠術）をかけているのである。その描写は巧妙だ。おなじく幻想小説の「下請《したうけ》忍者」と「飛び加藤」（「下請忍者」は「講談倶楽部」昭和三十四年十二月号に発表。「飛び加藤」は「サンデー毎日」昭和三十六年一月一日号〈特別号〉に発表。ともに、のちに短編集『ペルシャの幻術師』文春文庫収録）には、主人公の忍者が集団催眠術の幻戯を群衆にかけて、呑馬術《どんばじゅつ》（口から馬の脚や尻を呑んでみせる術）、あるいは呑牛術《どんぎゅうじゅつ》を演ずる場面がある。忍者、山伏の中には、催眠術による幻戯を得意とする者がいたのである。

司馬の幻想小説は、雑密や純密、加持祈禱、修験道、山伏、巫女などについて理解したあとで読むと、その興趣満点のおもしろさに圧倒される。

▼幻術師が登場する「妖怪《ようかい》」「大盗禅師《だいとうぜんし》」「果心居士《かしんこじ》の幻術」

「梟のいる都城」は、連載後、『梟の城』と改題されて講談社から刊行された。その斡旋《あっせん》の労をとったのは、「中外日報」の社長、今東光である。その後の一九五九年（昭和三十四年）、司馬がその新刊本を海音寺《かいおんじ》潮五郎《ちょうごろう》に送り、「梟の城」が、かれのつよい推薦によって直木賞を受賞したいきさつについては、本書の第一章で書いた。

幻想小説の長編「妖怪」は、連載中、海音寺潮五郎のはげましの新聞記事「歴史小説の人間像——人を酔わせる筆は天才だけが持っている」（「讀賣新聞」昭和四十二年九月二十八日　朝刊）によって、連載を終えることができた作品である。

海音寺はその激励の新聞記事の中で、つぎのような要旨のことを述べて、「妖怪」の連載を完結にまで導いている。

「妖怪」のおおかたの読者は、純粋にファンタジックなものと見ているようであるが、ぼくには最もリアルな小説に見える。

応仁大乱以前の時代が実によく調べられ、みごとにこなされている。歴史上の事件、時代の風俗、人の気風等々、間然《かんぜん》するところがない。

また、書かれている幻術はすべて催眠術応用のものであることを、作者は作中で種明かしまでしている。この作品が普通の人にはファンタジックにしか見えないのは、幻術にかかっている人の側から書いているからである。

この書きかたをして、人を奇怪な幻想にさそうことができるには、人を酔わせる筆がなければならないが、この作品において、それは成功している。人を酔わせる筆は、天才だけが持っている。現代の作家の中では、ある時期の泉鏡花《いずみきようか》、ある時期の吉川英治《よしかわえいじ》が持っていた。珍重すべきものである。

もし作者が今の調子を落とさず、この作品をしあげるなら、作者にとっても記念すべき作となり、日本も特異な優れた作品を持つことになろう。

作者よ、励《はげ》み候《そうら》え。

連載は、一九六七年（昭和四十二年）六月から翌年四月にかけて、「讀賣新聞」の夕刊である。

のちに、講談社文庫の新装版として収録された。

その解説でわたくしがふれているように、「妖怪」のおもしろさは、熊野本宮《くまのほんぐう》の巫女《みこ》だった母親と、六代将軍・足利義教《あしかがよしのり》との間に生まれたという御落胤《ごらくいん》の主人公、源四郎《げんしろう》が、男児のない八代将軍・義政《よしまさ》の世継《よつぎ》をめぐる正妻、富子《とみこ》と側室、お今《いま》（今参《いままい》りの局《つぼね》）の対立抗争に巻き込まれるありようによりも、正妻、側室にそれぞれ味方する二人の幻術師、指阿弥陀仏《ゆびあみだぶつ》、唐天子《とうてんし》の幻戯にほんろうされるユーモラスなありさまを映し出していることにあるといえよう。

源四郎は頽廃期《たいはいき》の室町時代に、自分が御落胤だと知らされ、将軍になるため京都にのぼる途中で、山伏の格好《かつこう》をした腹大夫《はらだいふ》とともに、富子に味方する指阿弥に幻戯をかけられてしまう。腹大夫が鹿《しか》、つぎに馬となり、四《よ》つん這《ば》いになって、背に源四郎を乗せ、歩きまわって、つい駆けだしてしまう顚末《てんまつ》は滑稽《こつけい》である。

このような幻戯を源四郎にかけたのは、かれを味方にひき入れようとする富子の兄で、公卿《くぎよう》の日野勝光《ひのかつみつ》やその食客《しよつきやく》で幻術師の指阿弥であった。二人は源四郎が上洛《じようらく》する目的を、あらかじめ知っていたのである。

この指阿弥による幻戯譚《げんぎたん》よりも怪奇にしてユーモラス、しかもセクシーなのは、「花ノ御所」の章の地蔵幻化譚《げんげたん》である。

指阿弥にめくらましをかけられたのち、源四郎がある夜、京の朱雀《すざく》地蔵のあたりを歩いていると、そこから巨大な石地蔵が出てきた。

それに恐怖を感じたものの、そのあとを追うにつれて、大きな石地蔵は奇妙なことにしだいに小さくなり、お今の里屋敷《さとやしき》の門前に着くと、ただの石ころとなってしまった。

「あの化け地蔵が、この門前のただの小石であったとは」

そうおもった源四郎が足元の地面を見ると、青い石、人形《ひとがた》の石などがある。その中に婦人の秘所の姿《なり》をした小石があった。つまんでみると、やわらかくなって、指が濡《ぬ》れてきた不気味さに、手をひっこめた。その石のようなものはすべり落ちるなり、ふわりと闇の空間の中に浮游《ふゆう》しはじめるや、婦人の秘所そのものに化《な》り了《おお》せ、そのまわりは、ちょうど暈《かさ》のように光で隈《くま》どられている。

「おまえは、なんだ」

と、源四郎が太刀のつかをにぎると、その濡れた物体は唇を開き、威厳に満ちた言葉をほとばしらせた。

「無礼であろう。ひかえよ」

源四郎は、その威にうたれ、われをうしなってひざを折りくずした。

「私は、今である。そなたを私の家来にすべくこの館へよびよせた。よう参った。ただし頭《ず》が高い」

「すると、これがお今さまでござるか」

源四郎は、顔をあげてそれをまじまじとみた。なるほど、これをもって天下の権を得た。というより、これをもって天下の権に巣くい、その威光によって富と権勢を得ている。とすれば、この眼前のお今こそ、かの女の本質であろう。

その物体は、門のほうへ浮游しはじめた。

「早う、参れ」

その口のききかたのなんと威厳のあることか。

(なんといっても、将軍の女陰《ほと》なのだ)

その物体は、ふらふらとついていく源四郎をともなって、玄関から入り、回廊を通って、ある部屋の前で、その光が突如消えた。すると、部屋の中から、

「早う、部屋に入りや」

といわれ、入ってみると、かがやいている三基の燭台《しょくだい》の向こうの几帳《きちょう》の側に、一人の貴婦人が坐っており、

「源四郎とやら。私がお今です。私は面妖なところはすこしもありませんよ」

といった。

富子の幻術師、指阿弥が、源四郎を味方にするために幻戯をかけた、いきさつを知った唐天子は、こんどは自分が源四郎にめくらましをかけて、お今の部屋の前まで誘導し、仲間にしようとしたのである。

ところで、この唐天子という幻術師は、いかなるきっかけで、お今の味方になったのであろうか。お今が源四郎に語った話によると、かの女が歯痛に苦しんで、里屋敷にひきこもっている時、訪ねてきた唐人風《とうじんふう》の唐天子と名乗る男が、「歯痛を治して進ぜよう」といったという。

そこで、「あなたは、どなたですか」と、たずねると、「名はないが、ひとは自分を、唐天子とよんでいる。しかし自分は人間ではない」と怪しげなことをいった。人ではなく、植物である、というのである。

大昔、日本と中国を往復した遣唐使が、山桑の木の苗を中国から持ってきて、宇治のさる山の奥へ植えた。そのほとんどが枯れたが、ただ一本だけが育ち、人に忘れられたまま山奥で樹齢をかさね、巨樹になり、次第に老いて神霊を帯びた。それが自分である、といったあとで、「あなたには恩があるのさ」という。

唐天子のいうには、ある年の夏、この山桑をキコリがみつけ、伐《き》ろうとしたが、そのキコリの娘が、「これほど老いている樹には、なにかが宿っているかもしれない」といって止めたという。その娘がお今であるというのである。

「私はキコリの娘ではありませんよ」とお今がいうと、唐天子はかぶりを振り、その娘の生まれかわりがあなただ、といってじっとお今の目をのぞきこむのである。

お今は、信じなかった。なんでもいいから、この歯痛をなんとかしてほしい、というと、唐天子は桑の枝を持ちあげた。それだけで歯痛は治った。

そして、唐天子は、「わしの要求は、屋敷神にして屋敷のすみにでもホコラをたててまつってくれるならば、あなたに、男児を生ませ、その子をゆくゆく将軍にならせる」というので、お今は疑わしいとおもったが、この唐天子が本当に神か妖怪ならばそういう力を持っているだろうとおもい、ふとすがってみる気になった。そのあと、屋敷にホコラをたてたという。

その時、源四郎は、

「それで、私が出遭《であ》った怪異というのは、その唐天子とやらいう妖怪のしわざだというのですな」

といった。

これまで述べてきた幻術師、唐天子の幻戯譚には地蔵や屋敷神が登場するので、その関係に興味をひかれた、わたくしが調べたところ、つぎのようなことがわかった。

地蔵は、古代インドの地母神《ちぼしん》（生殖《せいしょく》、豊饒《ほうじょう》をつかさどり、生命の源と信じられる大地の女神）信仰に根ざしたバラモン教の地の神が仏教のもとで菩薩として組みこまれたもので、バラモン教の地の神が農耕の神として信仰されていたことから、地蔵も早くから雑密的な祈願の対象とされ、すべてをはぐくむものと考えられていたのである。

つまり、古代インドのアーリア人の婆羅門の人びと（僧侶、司祭などの聖職階級）の間では、地蔵信仰がさかんであった。地蔵は、土地の地神《じがみ》・地母神崇拝に根ざし、大地を象徴する崇拝対象とされたので、すべてのものをはぐくんでくれる慈悲の仏とされていた。

特に、農耕を営むドラビダ人、アーリア人の間では、地蔵（土地の地神・地母神）崇拝がおこなわれていたので、豊作を願って、雑密の咒を熱心に唱えた。

日本に地蔵信仰が中国経由でつたわったのは、古代の奈良時代であろうと推定される。日本においても、古代のインドと同様に、農耕の開始期や終止期には、地蔵が雑密的呪術の対象となり、咒が唱えられた。わが国では地蔵を、屋敷の守護神（病災を防ぐ神）として祀《まつ》った。地蔵を榊《さかき》、杉、桑などの林や、森の中に祀ると、それらの樹木に地蔵の神霊が宿ると信じられた。

地蔵を屋敷神として祀る屋敷や地蔵を祀る林、森をまわって、雑密の咒を唱えるのは、山伏、巫女である。

　唐天子の幻戯譚を読むと、作者はそのゆたかで放胆な想像力による幻想小説を書いているようにおもえるが、宗教的な史実をふまえ、幻術師を通して雑密を描こうとしたのである。

　古代インドの婆羅門《バラモン》の人びとが信仰していたバラモン教の僧の中には、幻術を使う僧がいた。日本の戦国時代の有名な幻術師、果心居士の父は、天竺《てんじく》（印度《インド》）のバラモン僧で、その隠し子が果心居士であったという果心天竺人説があり、それをふまえて書いた幻想小説が「果心居士の幻術」である（「オール讀物」昭和三十六年三月号に発表。のちに短編集『ペルシャの幻術師』文春文庫収録）。

「妖怪」の「富子」の章の中に、「唐天子という者で、唐土《もろこし》（中国）から渡来した者であり、その術は天に翔け、地にもぐることもできるというもので……」（傍点は筆者）という記述がある。それによって推察できるのは、かれが幻術師の指阿弥とおなじく、仙術を使う仙人か、道術を使う道士であろうということだ。

　幻術師が使う幻戯とは、相手を催眠術にかけ、催眠状態にしておいて、幻視、幻聴をおこさせるものである。

　バラモン教の幻術の影響を受けている唐渡りの仙術、道術の幻術、いずれかを使う唐天子は、お今に近づくためにかの女の歯痛を治している。そのさいに雑密の歯痛みを治す咒を唱えたという記述はなく、桑の枝を持ちあげて治しているが、その時には雑密の咒を唱えたにちがいない。

かれは天を翔《かけ》ることができたという。雑密の徒《と》であった役小角《えんのおづぬ》と同様に、仙人のごとく空を飛翔《ひしよう》することができたのであろう。

雑密と道教は呪術宗教として習合（混合）しているので、唐から渡来した幻術師、唐天子を通して雑密を描こうとした作者の創作意図があらためて、うかがえる。

唐天子のさまざまな幻戯は、闇《やみ》の中でおこなわれている。人工照明のない時代の闇は、暗く深くおそろしかった。暗闇になると、人びとの意識裡《り》に棲《す》みつく憑《つ》き物（もののけ）、化《ば》け物《もの》、妖怪のたぐいが闇の中を跳梁《ちようりよう》すると信じられていたので、それらを鎮めるために祈禱師、幻術師などの妖術師が存在した。

地蔵もそのたぐいの魔物や、病災から人びとを守護・救済するため夜の帷《とばり》につつまれたころや、特に暁闇《ぎようあん》（あかつきのやみ）になると、「妖怪」の石地蔵のごとく、お堂から外に出て方々を歩きまわった。それに類似する例は、『宇治拾遺物語《うじしゆういものがたり》』『往生要集《おうじようようしゆう》』、その他に記載されている。

本書第三章の引用文の中で、「妖怪」の作者が書いているように、十三詣りの時、大峰山の蔵王堂《ざおうどう》内の闇に衝撃を受けて以来、それによって呼びさまされた雑密的原始感情に感応し、作家になって「妖怪」のような傾向の作品を書くようになるのである。

要するに、闇がつくりだしている雑密的原始感情を、唐天子という幻術師を通して具象化したのだといえよう。だが、夜中も電気がついている生活を送り、闇を知らない現代人は、妖怪、幻術師の存在を想像することはむずかしい。闇が想像力をはぐくむからだ。佳《よ》き作品を理解するためには読者の想像力による参加が不可欠である。

多くの読者からはげましの手紙をもらったものの、新聞という場で、想像《イマジネーション》と妄想《イリュージョン》・幻覚の世界を書いたことをくやんだ作者ではあったが、海音寺潮五郎が、「妖怪」のように、人を酔わせる成功作を書ける現代作家は、ある時期の泉鏡花、吉川英治のごとき天才しかいないという要旨の激励記事を「讀賣新聞」に書いてくれたおかげで、「妖怪」の連載を完結できたことについては前述した。

「妖怪」の時代背景の室町時代末期は、合理主義の兵法の勃興期であり、まじない、うらない、加持祈禱などは迷信にすぎないので、ただひたすら阿弥陀如来《あみだにょらい》だけを信仰せよという合理主義的な浄土真宗《じょうどしんしゅう》の流行期であり、物事を数量化し、品質の選別をする合理主義による商品経済の発展期にあたるので、この時代を境にして、妖怪、幻術師たちが、あたかも暁天になるにつれて星がしだいに消えていくように、姿を消しはじめる。

このような合理的な時代の側面をリアルな筆法で描き、その一方で非合理、不条理な幻想の世界を映し出しているので、この両面を読みとらなければ司馬遼太郎という作家の本質は理解しがたいといえよう。

　その時代の合理的な側面についての詳細、その他については、新装版『妖怪』（講談社文庫）のわたくしの解説を読んでいただきたい。

「妖怪」の連載が終わった三カ月後の昭和四十三年七月から翌年四月にかけて、幻想小説の長編「大盗禅師《だいとうぜんし》」が「週刊文春」に連載された（のちに文春文庫に収録）。この長編にも、「妖怪」と同様に、催眠術応用の幻術を使う奇怪な人物が登場する（大盗〈濤《とう》〉禅師と蘇一官）。

　江戸時代初期の鎖国時代、摂津《せっつ》（現・大阪府西北部）住吉で生まれ育った、世間知らずの浦安仙八が、世の中に出たのっけから、大盗（濤）禅師の幻術による女陰の幻覚に操《あやつ》られ、徳川幕府を倒そうとする秘密結社の仲間に入るいきさつは、「妖怪」の源四郎が、幻術師、唐天子の幻術による女陰の幻覚に操られ、お今の味方になる経緯を想起させておもしろい。

　大盗（濤）禅師の仲間になった仙八は、幕府転覆を企図する由井正雪《ゆいしょうせつ》を紹介されたのち、正雪から唐人の蘇一官に引き合わされ、のちに近松門左衛門《ちかまつもんざえもん》の名作『国性爺合戦《こくせんやかっせん》』によって有名になる、鄭芝龍《ていしりゅう》・成功《せいこう》父子の抗清復明《こうしんふくみん》（清国を倒し、明国の回復を計ること）の革命運動に参加する。

鎖国時代の日本と明王朝末期の中国を舞台に、壮大なスケールで展開する物語の詳細や、ストーリーの進行につれて明らかになる大盗（濤）禅師、蘇一官の正体については、紙幅の関係で省略するが、二人の幻術についてふれておきたい。

仙八が大盗（濤）禅師の両眼の瞳に吸いこまれるような状態で女陰の幻覚を感じたのは、催眠術応用の外道《げどう》（幻術、呪術《じゅじゅつ》のたぐい）の修法《ずほう》によるものなので、大盗（濤）禅師は正確にいうならば外道使いである。

かれは若いころから、まじないを唱えて病気を治したり、安産を祈っているので、雑密の影響を受けている呪術宗教、道教の外道使いなのだ。

一方、仙八が好きな女、おそのの絵像を描いたところ、その絵像が動きはじめ、脹《ふく》らんで生身《なまみ》のおそのが現われる。仙八とかの女を合歓《ごうかん》させた、この蘇一官の幻術は、方術《ほうじゅつ》（神仙の術）、仙術《せんじゅつ》だと書いてある。

いうまでもなく、雑密、外道、方術、仙術のたぐいは、呪術宗教の道教と深く関わっているのである。

ところで、くりかえしになるが、「妖怪」の連載（昭和四十二年六月から四十三年四月まで）が終わった三カ月後に、「大盗禅師」の連載（昭和四十三年七月から四十四年四月まで）がはじまる。

そして、「妖怪」の連載が終わった昭和四十三年四月からは、長編小説「坂の上の雲」の連載（四十七年八月まで「産経新聞」夕刊）が開始されることに注目していただきたい。

このように、年譜を調べてみると、「妖怪」の連載中の期間と、「大盗禅師」の連載が開始される以前の間は、大作「坂の上の雲」を執筆するための準備期間にあたっていることがわかる。

この期間には、「坂の上の雲」についての厖大な関連史料を調べ、創作の構想を考えることが強いられた。たとえば、旅順《りよじゅん》攻略を詳細に知るためには、さまざまの細密な地図を参照しながら、日本とロシアの陸軍がいかなる状況下で対戦したか、日本海海戦の東郷平八郎《とうごうへいはちろう》指揮のT字戦法では、どんな条件下において、どのような角度から、バルチック艦隊に接近したか、そういう史実について厳密に調べねばならなかった。それには、こまかな事実を積みかさねることが要求され、極度の緊張と集中力が必要であった。

そのようなリアリズムにエネルギーをついやすことを強制されていたために、いわば、その反動として、抑制していた、ゆたかな想像力を用いる「妖怪」や、さらに「大盗禅師」を書きはじめたのは、気分のバランスをとろうとしたのであろう、とわたくしは推察している。

「坂の上の雲」では、正岡子規《まさおかしき》、秋山好古《あきやまよしふる》・真之《さねゆき》兄弟らの合理主義的な人物を描き、その一方で、「妖怪」「大盗禅師」の不合理な幻術師たちを書いているのは、作者が正反対の気分・気持ちを同時に持つアンビバレントな性格であることをしめしているといえよう。

司馬遼太郎は終生、大阪で過ごし、経済都市大阪の合理主義を培ってきたので、合理主義精神に富む坂本龍馬《さかもとりようま》、大村益次郎、高田屋嘉兵衛《たかだやかへえ》らを主人公とする多数の作品を書いた。

その一方で、密教という不合理で、不条理な宗教に異常なほどの関心を寄せ、果心居士、唐天子、蘇一官らの幻術師が登場する幻想小説を書いている。

以上に関しては、『大盗禅師』（文春文庫）、新装版『妖怪』（講談社文庫）の解説に書いてある。

▼デビュー作品「ペルシャの幻術師」の創作意図を推論する

一九五六年（昭和三十一年）、三十二歳の時、司馬遼太郎の筆名をはじめて使い、幻想小説の中で最初に幻術師を登場させて書いたデビュー作「ペルシャの幻術師」は、注目すべき作品である。

西紀一二五三年の夏、ペルシャ高原の東、メナムの町を干魃《かんばつ》（ひでり）が襲ってきた時期に、遠く東ヨーロッパまで征服した成吉思汗《ジンギスカン》四世蒙哥《マング》は、弟の旭烈兀《フラーグ》に二十万の兵を授け、ペルシャ攻略の緒につきはじめていた。その攻略軍の支隊長で、旭烈兀の第四子にあたる大鷹汗《シンホルハガン》ボルトルは、攻略後、メナムの若くて新しい王になる。

そうした殺伐な時代背景とメナムを舞台に、殺戮《さつりく》を好むボルトルと、かれの妃《きさき》にのぞまれている美女のナンと、ペルシャの救世主的な幻術師、アッサムとの愛と死をめぐる詩情ゆたかな物語がくりひろげられている。

ストーリーの特色は、殺人しか知らない粗野なボルトルを好まないナンが、ボルトルの殺害を請け負ったアッサムによって幻術にかけられる描写場面である。催眠術応用の幻術によって幻覚を見たナンが恍惚《エクスタシー》の状態になり、花園の中で若い男性に化した芳香の精と交情し、快楽《けらく》におぼれる甘美なありようが詩的な描写によって映し出されており、被術者のナンが、忘我《ぼうが》の陶酔にしびれたのち、覚醒していく様子を書いた文章も印象に残る。

ナンが若い男性に化した芳香の精と交情するくだりでおもいだすのは、「ペルシャの幻術師」と同じ一九五六年（昭和三十一年）五月に福田定一《さだいち》の本名で掲載された幻想小説の短編「黒色の牡丹《ぼたん》　花妖譚《かようたん》三」と、八月に掲載された幻想小説「匂《にお》い沼　花妖譚五」である（いずれの作品も「未生」に掲載。のちに文春文庫『花妖譚』に収録）。

「花妖譚」シリーズの「黒色の牡丹」は、有名な『聊斎志異《りょうさいしい》』の作者、蒲松齢《ほしょうれい》が八十五歳の時、十八歳の絶世の美少女に化した牡丹の精の芳香に魅せられてたびたび交情したあとで、小刀《こがたな》で剪《き》り取った牡丹の香りに酩酊《めいてい》しながら死ぬ顚末《てんまつ》を描き、男の理想的な性と死をとらえている。

「匂い沼」は、科挙《かきょ》（隋《ずい》、唐の時代から清の末期までつづいた中国の官吏登用試験）の受験者、遼《りょう》子青《しせい》が、たびたび科挙に落ちた失意の最中に、美女に化した沈丁花《じんちょうげ》の精の芳香の肉体を溺愛《できあい》したのち、沼へ身を投じて死ぬ悲劇を映し出している（『聊斎志異』の作者、蒲松齢は再三、科挙に失敗する経験をかさねたあとで伝奇作家になった)。

「花妖譚」の作者は、花の精が美女に化して現実の男性と交情するという幻想的な怪異譚、その他の伝奇譚を収録する『聊斎志異』を、少年のころから愛読していた影響で、「黒色の牡丹」「匂い沼」「ペルシャの幻術師」を書いたのだ、とわたくしは推断している。

ところで、このデビュー作を書くにあたって、なぜ、ペルシャを舞台に、ペルシャ人の幻術師と蒙古人を登場させたのであろうか。そうおもったので、司馬の全著作や講演テープ、その他をあらためて調べてみたが、その創作意図について言及されていないので、わたくしが推論した結果をつぎに述べてみたい。

本書の第一章で書いたように、司馬が誕生した母親の実家に沿って竹内街道《たけのうち》(大道《おおち》)が西走《せいそう》しており、それと連結するシルクロードは、ユーラシア大陸の東西の文明、文化の架け橋として、少年のころからつづく司馬の最大の関心事で、成長するにつれて、シルクロードに関わる蒙古、ペルシャに関心を深めていった。

特に、西の辺境に位置し、西の代表ともいうべきペルシャは、シルクロードの東西、二つの文明、文化の十字路的な役割を果たし、その交流に大きく貢献した。東方の中国から絹《シルク》、紙などが、シルクロードの西域《せいいき》の中継地、ペルシャを経て西方の地域につたわり、逆に西方からペルシャ経由で、古代キリスト教の一派の景教《けいきょう》、ゾロアスター教などの宗教や、散楽雑伎《さんがくざつぎ》(戯)

が、シルクロードを通って、東方の中国や日本につたわった。

散楽雑伎（戯）は、西域のペルシャの幻術、奇術、曲芸などが中国に入って、そうよばれた。散楽は、雑伎、または、百戯《ひやくぎ》ともいわれていたことでもわかるように、雑伎の内容は種々雑多である。

そこで注目していただきたいのは、ペルシャ文化を代表するゾロアスター教と、散楽雑伎（戯）には相関関係があることだ。

ゾロアスター教は、ペルシャの預言者、ゾロアスターが創始した宗教で、善神の象徴である聖なる火を崇拝する。古代ペルシャの国教として栄えて、中国につたわり、祆教《けんきょう》とよばれた。

その聖職者（僧侶）の magi《マギ》は、星占術、呪術の達人が多く、幻術師、魔術師として、さまざまな幻術や魔術をおこない、信者を獲得したので、英語の magic（魔術・奇術・呪術）の語源になった。しかも、医術に通じ、催眠術を応用して手術をおこなう者がいた。医巫《いふ》が古代においては区別されていなかったことについては、前述した。

かれらが使った多様な幻術（幻戯《めくらまし》）は、こんにちの合理的な解釈をすると、催眠術を応用したものであろう。「ペルシャの幻術師」の幻術師、アッサムの人物造型には、作者のゾロアスター教の magi《マギ》のイメージが仮託されている、とわたくしは推察している。

余談ながら、興味深い説がある。イラン学の研究の第一人者、伊藤義教《ぎきょう》博士の著書『ペル

シア文化渡来考　シルクロードから飛鳥《あすか》へ』（ちくま学芸文庫）の第一章にある、飛鳥時代に来日したと考えられるイラン・ゾロアスター教徒（『日本書紀』のいくつかの記載に登場する）について考証した記述である。

その中では、推古《すいこ》紀二十年（六一二年）に渡来した路子工《みちこのたくみ》（別名は芝耆摩呂《しきまろ》）が「ペルシャ人だったらしいか、あるいはペルシャ人と見られうる人」とされている。路子工は、「道路工事に明るいもの・道路設計の権威」という意味だという。

この記述を読んだわたくしは、『日本書紀』の推古天皇の二十一年（六一三年）十一月条の大道設置の記述をおもいだした。大道設置という大土木工事は、渡来人の頭脳と技術にたよらざるをえなかったのである（それらについては、本書の第一章で、ふれておいた）。

そういう諸事情から推察すると、ペルシャ人の路子工の渡来は、大道設置の一年前なので、かれがその設計や工事の初期の段階から参画できなかったことは明らかだが、完成近い時期にその専門的な知識や技術を発揮したことが想像される。

伊藤博士と同じくイラン学の権威、井本英一は、著書『古代の日本とイラン』（學生社　昭和五十五年）の中で、伊藤博士と同様に、推古天皇二十年に渡来した路子工がペルシャ人であることを指摘したあとで、「同行して来たと思われる百済人《くだらじん》味摩之《みまし》は伎楽《くれがく》の俳優で散楽をわが国に伝えている」という注目すべき記述をしている。

さらに、その「あとがき」で、「味摩之は呉《くれ》に伎楽の儛《ま》いを学んだといっている。彼も百済《くだら》国人ではなかった。味摩之とはミツル・マルチークというイラン人名である。中国からの百済への渡来人である」と記述している。

この記述によると、その年、ペルシャの路子工に同行して、飛鳥に渡来した味摩之という伎楽の俳優《わざおぎ》（役者）は、百済国人（朝鮮半島の西南部の国人）ではなくて、イラン人、すなわちペルシャ人であり、かれは中国から百済への渡来人であったというのである。

伎楽は、呉（中国の南部地方）から伝来した仮面舞踊・仮面劇のことで、ペルシャ人に似た顔の仮面をかぶって踊りながら、演じる劇である（くわしいことはわかっていないが、正倉院に保存されている伎楽面を見ると、ペルシャのみならず、ローマやインド、中央アジアなどいろいろな国からきたものが含まれていることがわかる）。

伎楽は散楽雑伎（戯）の一つで、西方からシルクロードを経て、中国に入り、百済、さらに、飛鳥に伝来し、のちには、猿楽（能楽）などに影響を与えた。

味摩之というペルシャ人は、伎楽（仮面舞踊・仮面劇）の他に、幻術、奇術、曲芸などの散楽雑伎（戯）を演じることができる俳優だったので、それらを日本で教えていた（味摩之については、本書の第六章においても述べるので、おぼえておいていただきたい）。

以上、述べてきたことをふまえて考えると、ゾロアスター教と、それと密接な関係のある散楽雑伎（戯）、ペルシャ人の路子工は、推古天皇の二十年（六一二年）に、完成近い大道を通って、飛鳥に伝来したのではなかろうか。

司馬遼太郎は、幻術と関連する散楽雑伎（戯）を念頭に置きながら、ペルシャの幻術師を登場させ、蒙古軍がペルシャ高原を支配した時期を背景に、「ペルシャの幻術師」を書いたのだといえよう。

ところで、「ペルシャの幻術師」の大鷹汗は、第二章の「大鷹汗の広間」の中で、美女ナンに、「わしの祖先の王にただ一人の女を得るために十万の軍を動かし十万の敵兵を殺した男がある。が、わしは、四千人を屻《ちぬら》しただけで、お前を得た。ペルシャ人は、お前の美に感謝しなければならぬ」と告げている。

「ペルシャの幻術師」のあとに司馬遼太郎の筆名で書いた幻想小説「戈壁《ゴビ》の匈奴《きょうど》」は、その「十万の敵兵を殺した男」、モンゴル帝国の創設者、成吉思汗を主人公にしている。

一九二〇年、中国北西部に位置する寧夏《ねいか》の西の曠沙地《こうさち》で発見された玻璃《はり》の壺《つぼ》についての記述を物語の発端として、発見者である英国考古学協会所属の退役大尉、サー・アルフレッド・エフィガムの想像力は、時空を超越して飛翔し、中世シルクロードのオアシスの国・西夏《せいか》に至る。

そして、かれが西夏の街衢《まち》で見たのは、十万の蒙古騎馬軍団を統率し、若き美女の女王、李睍《リーシエン》公主を求めて、西夏城に向かう成吉思汗鉄木真《テムジン》であった。

「戈壁の匈奴」は、この匈奴の英雄、成吉思汗が五たびにわたって、美女を得るため西夏を攻略する叙事詩的な物語である。

玻璃の壺（李睍公主が使っていた浴槽）を発見したエフィガム退役大尉は、ケンブリッジ大学で東洋考古学を専攻し、第一次大戦のベルダン塹壕戦《ざんごうせん》で左腕をつけ根からくだかれた。戦場での体験は、かれを一人の夢想家に変えた。いや正しくは、歴史という死者の国の旅人に変えたという。

　彼が、砂漠の中で何かの破片を拾ったとする。事実、彼は、廃址《はいし》で無意味な小石を拾っても、そこに死者の声を聴けぬかと耳にあてた。それが一片の瓦であっても、そこに壮麗な青丹《あおに》の宮殿を幻出することができたし、銹《さ》びた銅鏃《やじり》のうえにも、百万の軍団が死闘する干戈《かんか》の音を聞くことができたし、一枚の銭刀をひろっても、その円孔の向こうに、二千年前天山《テンシヤン》北路を越えてゆく悠揚たる駱駝隊《らくだたい》をみることができた。

この引用文から連想するのは、司馬青年が満洲の四平《スーピン》の戦車学校を卒業後、北満の広野で演習中に、一枚の古銭を拾ったという話である。

「一枚の古銭」というタイトルのエッセイ（『古往今来《こおうこんらい》』中公文庫）の中から引用すると、つぎのように書かれている。

表に乾隆通宝と鋳《い》られ、裏に私が習った蒙古文字（正しくは古代満洲文字）が書かれている。おそらく蒙古へ帰る隊商の荷の中からこぼれ落ちたもので、その文字を見つめているうちに私のまぶたからとめどもなく涙が溢《あふ》れ出た。

支那五千年の史上、中原《ちゅうげん》の豊饒《ほうじょう》を求め、荒れ果てていく漠北の自然に追い立てられながら長城に向かって悲痛なピストン侵略を加え続けた砂漠の騎馬民族や、オアシス国家の文明ほどはかないものはない。最後に清朝を立てた満洲民族でさえ、国家どころか、民族そのものも今日の地上から蒸発し去っているのである。その巨大な滅亡の歴史が、一枚の古銭に集約されている思いがして、もし私の生命が戦いの後にまで生き続けられるならば、彼らの滅亡の一つ一つの主題を私なりにロマンの形で表現していきたいと、体のふるえるような思いで臍《ほぞ》を決めた。

この感動的な決意が、後年の「ペルシャの幻術師」のメナムの町や蒙古軍団の滅亡、あるいは「戈壁の匈奴」の成吉思汗によって滅ぼされて、砂漠に消えた西夏国の滅亡として表現されるのである。

ちなみに、司馬遼太郎はエッセイ「敦煌学の先人」（『古往今来』中公文庫）の中で、東洋学の石浜純太郎博士が書いた「西夏語研究の話」（『東洋学の話』創元社　昭和十八年）の一部を紹介している。

初め、或人《あるひと》が成吉思汗に、西夏の王様の奥方が大変美人であるから之《これ》を奪つて内に収めたら宜しからうと勧めたので、この戦争が起つて首尾よく勝つて王妃を虜にしましたが、その美人の王妃のために（註・ジンギス汗が）傷つけられて死ぬ様になつたと云《い》つて居ります。（中略）伝説でありますが、西夏魂を表はしてゐるとでも申して宜しい。

この引用文のあとに、司馬は、「西夏だけでなく、西域という、この東西文明の合流点をなした魅力的な地域の文明も文化も、すべて沙漠にうずまってしまった」と、感慨にひたりながら書いている。いうまでもなく、司馬はこの石浜博士の話を参考にして、「戈壁の匈奴」を創作しているのである。

石浜純太郎博士は、司馬の大阪外国語学校時代からの親友、石浜恒夫《いしはまつねお》の父親である。遼太郎と恒夫の二人は、奇しくも、青野ヶ原の戦車第十九連隊、さらに、満洲の四平陸軍戦車学校でも戦友であり、ともに、のちに作家となっている。まさしく奇縁の間柄であった。

「戈壁の匈奴」は、同人雑誌「近代説話」の創刊号（昭和三十二年五月）に掲載された。「近代説話」は六年間で十一冊が刊行され、その間に、司馬をはじめとして、寺内大吉、黒岩重吾、伊藤桂一、永井路子らの直木賞の受賞者を、類例のない高確率で続出させた同人誌として知られている。

「近代説話」を直接間接に応援してくれたのは、海音寺潮五郎、今東光《こんとうこう》、子母澤寛《しもざわかん》、源氏鶏太《げんじけいた》などの先輩作家である。海音寺は司馬の「ペルシャの幻術師」の〝幻覚の美しさ〟を高く評価して以来、司馬ファンとなり、「戈壁の匈奴」を読んださいには、直木賞の受賞作になると確信した。

そこで、直木賞の選考委員をしていたので、推薦しようとおもった。だが、日本の作家たちは日本が舞台でなく、日本人が主人公でない作品を好まないため、推しても落ちるかもしれないと考えて、あえて推さなかった。

「戈壁の匈奴」は、「ペルシャの幻術師」の説話（物語）構成よりも巧緻《こうち》で、情感があふれた、みずみずしい幻想小説である。エフィガム退役大尉の詩的想像力は、作者のそれにほかならない。詩的想像力の結晶純度が高い叙事詩であるといえよう。

第六章

幻想小説（四）

――散楽雑伎（戯）と幻想小説のおもしろさ

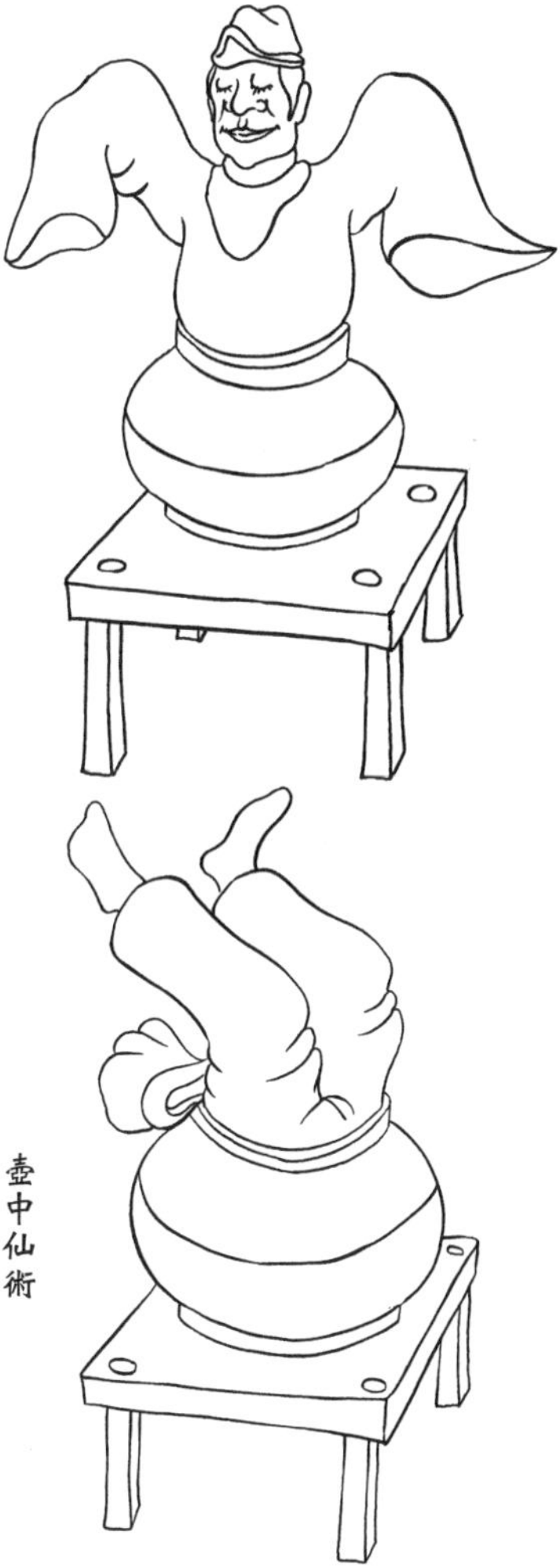

壺中仙術

『信西古楽図』をモチーフに

▼時空を超越したグローバルな幻想小説の力作「兜率天《とそつてん》の巡礼」

「近代説話」第二号（昭和三十二年十二月号）に掲載された幻想小説「兜率天の巡礼」は、創刊号（昭和三十三年五月号）に載った「戈壁《ゴビ》の匈奴《きょうど》」よりも精巧な技法が凝らされており、説話（物語）構成は、いっそう緻密《ちみつ》になって、幻覚美が表出されている（両作品は、短編集『ペルシャの幻術師』文春文庫に収録）。

主人公は、京都のH大学教授、閼伽道竜《あかどうりゅう》。かれは終戦の日に最愛の妻、波那《はな》と死別する。かの女は死の数日前に発狂して道竜に、青色を帯《お》びて瞬《また》くことのない、恐怖の眼差しを向ける。これが小説の伏線となって物語は展開してゆく。

波那の眼差しは、明らかに異邦人に向けられたような恐怖と、自分を嫌悪の対象として見る眼であった。こうしたことから道竜は、妻の血統とルーツの追究に、異常な執念を持って駆《か》られるようになってゆく。

その過程で、兵庫県赤穂郡比奈《あこうぐんひな》の大避《おおさけ》神社の禰宜《ねぎ》（神事にたずさわる者）で、波那の親戚、波《は》多春満《たはるみつ》から、かの女の遠い祖先が、ペルシャ系のユダヤ人移民団の子孫だと知らされて、衝撃を受ける。

かれらは古代キリスト教の一派、ネストリウス派の信徒たちで、比奈ノ浦に漂着し、秦氏《はたうじ》の一族と称して、そこに、ダビデ（ユダヤ人のダビデ王、漢訳名は大闢《だいびやく》）の礼拝堂（のちの大避神社）を建て、いすらい井戸を掘り、秦氏の遺跡を残した。それは、古代日本に仏教が渡来する以前に、キリスト教が入っていたという宗教上の注目すべき奇説である。

　この奇説を知った道竜は、文献を読みあさり、想念を凝らすうち、はるか千数百年を越えて幻想の空高く飛び立って、五世紀の東ローマ帝国の都、コンスタンチノープルから中国を経て、比奈ノ浦、山城《やましろ》（現・京都府南部）太秦《うずまさ》ノ里など、各地の秦氏の足跡をたどる奇妙な遊魂の巡歴をはじめる。

　四三一年八月四日、小アジアのエフェソスで開かれた大宗教会議で、コンスタンチノープルの総主教ネストリウスは、つぎのような自説を主張した。

「神の子であるイエスは神と合一した存在であることは認めるが、しかしイエスを胎内に宿した処女マリアは人としてのイエスを宿したわけであり、神性を宿したわけではない。イエスが処女マリアの肉体を離れてこの世に現われる瞬間、キリストたる神性をそなえた。つまりマリアはただの人間であり、神の母ではなく、従ってマリアを拝む必要はない」

　この説によって、かれは異端《いたん》と宣言され、総主教の地位を剥奪、追放されたあとで死ぬ。そして、四三一年かれの信徒たちはローマ教会から離れて、コンスタンチノープルを去り、東方に逃亡した。東洋史上の景教徒《けいきょうと》の遍歴はこの時から始まる（いわゆる景教徒の東遷）。

道竜にすれば、もしエフェソスの大宗教会議がなければ、かれの妻波那はこの世に生を享《う》けなかったはずであった。なぜなら、かの女はその後、ペルシャを経てインドに入り、インド東岸から陸を離れて中国沿岸をつたいつつ、古代日本の比奈ノ浦に漂着した景教徒の子孫であったからだ。

道竜と波多春満の調べによると、秦氏の祖先、功満王が、第一梯団《ていだん》の一族を率い、古代日本に最初に、渡来、帰化したのは第十四代仲哀《ちゅうあい》天皇の時代の八年であり、ついで、功満王の子、弓月《ゆづき》ノ君《きみ》が、第二梯団を率い、渡来、帰化したのは第十五代応神《おうじん》天皇の時代であったという。

この弓月ノ君の四代あとの普洞王が、景教徒たちを率い、比奈ノ浦に漂着したのである。普洞王は、道竜の妻波那の遠祖である。

敬虔《けいけん》な景教の信徒で、ペルシャ系ユダヤ人の血をひく秦氏を引率する普洞王は、比奈ノ浦にダビデの礼拝堂といすらい井戸をつくったのち、一族の男たちが娶《めと》る女たちをさがすために大和《やまと》の国へ旅立った。

津の国を経て、河内《かわち》の国を経たあとで、たけのうち峠を越えて大和の国へ入ると、一行は飛鳥《あすか》の天皇《おおきみ》の宮居をたずねた。その時、普洞王は自分たちが、ペルシャ系のユダヤ人だと称しても、極東の天皇には理解できないと考えたので、中国の秦《しん》ノ始皇帝《しこうてい》の子孫だと称するほうが、万事好都合にちがいないとおもった。

そこで、秦氏だと名乗るようになった普洞王は、天皇にたのみ、媛《ひめ》の一人をもらいうけた。やがて、普洞王と媛の間に、男の子が生まれた。その子は長じて、倭女《わじょ》を娶った。そして、できた子が、秦川勝《はたのかわかつ》（秦河勝ともいう）である。

かれは聖徳太子につかえた武将として知られている。こんにち、洛西《らくせい》の太秦広隆寺《こうりゅうじ》にある秦川勝の古像を見ると、容貌雄勁《ようぼうゆうけい》で、眼瞼《がんけん》大きく鼻梁《びりょう》（はなすじ）兀《こつしゅつ》出し、蒙古型の偏平な造作ではない（つまり、日本人というよりも、ペルシャ人か、ユダヤ人に見える）。

天皇は普洞王に媛を賜わったあとで、国中にふれを出して、五十人の娘を召し、かれに与えた。

かの女たちを比奈ノ浦に連れ帰った普洞王は、秦氏一族の若い男たちとめあわせたのち、その混血と繁殖を待って、播磨《はりま》（現・兵庫県南西部）平野の勢力を固め終えると、比奈ノ浦を一族の聖なる地として神社一つを遺《のこ》し、主力を山城にうつして氏族の都《みやこ》を太秦の地にさだめた。

そして、比奈ノ浦の大闢《だいびやく》の礼拝堂の神と同神を祀《まつ》った大闢神社（大闢は、のちに大避《おおさけ》と誤記され、さらに、こんにちでは、大酒《おおさけ》神社とよばれている）を太秦に建て、やすらい井戸を掘った（イスラエルの民《たみ》の宗教生活の慣習として井戸を掘る）。いすらい井戸、やすらい井戸は、イスラエルのなまったものである。

その当時、大和には強大な豪族蘇我《そが》氏がいたので、聖徳太子は自分の叔母にあたる推古《すいこ》女帝を輔《たす》けるために摂政《せっしょう》に選ばれたものの、蘇我氏との調整が、生涯の中での最大の心痛事であった。その調整には金が必要だったので、太子の政治資金を無償で供給しつづけたのが山城の秦氏である。

そのころの秦氏は、姓が織《はた》と同訓《どうくん》になったほど、当時の秦氏の織物の生産量は厖大をきわめていた。その財力をおしむことなく太子のためにそそいだのである。

普洞王の末裔《まつえい》で、秦氏の長者、秦川勝は、太子に財力をかたむけたが、それにもまして、魅力ある怜悧《れいり》な青年太子にひかれていた。

そこで、秦一族が洛西に建立した太秦広隆寺を、大闢神社（現・大酒神社）の摂社《せっしゃ》として、聖徳太子に献上した。

太秦広隆寺に安置された仏像の一つは、釈迦《しゃか》の入滅《にゅうめつ》後、五億年を経て、地上を救済しようという、仏教の中では最もシリア思想（古くはキリスト教の成立をはぐくんだシリアを中心とする思想）に近似した弥勒菩薩《みろくぼさつ》であった。

ネストリウスの追放から発した流亡のキリスト教徒の信仰への意志は、こうしたところにまで、まるで怨念のごとく残ったのであろうか。

敬虔な仏教信者の聖徳太子は、大闢神社と太秦広隆寺が異教の廟所《びょうしょ》であろうとおもったが、黙認して太秦広隆寺を受けている。

おなじく洛西の嵯峨野《さがの》には、不断念仏宗の末寺の上品蓮台院《じようぼんれんだいいん》（中世の末までは真言宗《しんごんしゆう》の仁和寺《にんなじ》の門跡《もんぜき》に属していた古刹《こさつ》であった）の弥勒堂があり、その堂内には兜率天の曼荼羅《まんだら》を描いた壁画がある。

奈良時代に入って、秦一族の何者かが、上品蓮台院弥勒堂を建て、絵師に壁画を描かせた、とつたえられている。弥勒堂は建立後、何度か炎上しており、その都度、壁画は焼失。復元または新たに描かせたらしい。

仏説によれば、天は九つの天によってできているという。その一つを兜率天という。兜率天に坐して下界を眺め、仏滅後五億年の思索をとげているのが弥勒菩薩であるといわれている。弥勒の国に住むものは、弥勒ひとりではない。

この国に太陽はなく、紫金摩尼《しこんまに》の光明が旋回し、光は化して四十九重微妙の宝宮を現出する。住人の寿齢四千歳、その一昼夜は人間界の四百年に当たり、国は人間の地上を距《へだ》てること三十二万由旬《ゆじゆん》（一由旬は約四十里）の虚空密雲の上にあり、国土の広さ八万由旬。ここに住む男女は、互いに手を握ることによって、淫事《いんじ》をおこなうといわれている。

兜率天の曼荼羅には、まず中央に宝池《ほうち》があった。宝池の群青《ぐんじよう》の上に金泥《きんでい》で描かれた船が浮かび、宝珠を連ねた橋がかかっている。池をめぐって楼閣がならび、楼閣は階廊によって方形に連結され、楼閣階廊の内外には、菩薩、諸天子、諸天女が悠揚《ゆうよう》と逍遥《しようよう》している。虚空にはたえず妙音が沸き、さまざまな天女が楽器をだいて天に舞っている。

ところで、秦氏の遺跡をめぐる幻想の巡歴から、終戦後の一九四七年（昭和二十二年）八月の現実にかえった道竜《どうりゅう》は、上品蓮台院弥勒堂の兜率天曼荼羅の壁画を、ローソクの灯《ともしび》で照らしながら、眺めていた。

かつて、禰宜の波多春満が、道竜につぎのように教えていたからだ。

「嵯峨の上品蓮台院に秦一族の誰かが絵師に描かせた古い壁画がある。その仏たちの顔を仔細《しさい》に点検すれば自然私のいう説の謎が解けるであろう。それは悉《ことごと》く日本人と異なる。或いは天女の中の一人にあなたの奥さんの顔もあるかもしれない」

道竜は、春満の説を疑わずに信じていた。

かれはローソクを用心深く掌《たなごころ》でかこいながら、壁画を見つめ、秦氏がどういう理由で、弥勒堂を建て、何のため堂に兜率天の曼荼羅を描かせたのであろう。道竜の頭にも脈絡がつきかねた。キリスト教徒が天への幻覚を仏教に仮託しようとする時、弥勒はキリストにあたり、天国は兜率天に似ると感じたからであろうか。

そのように考えながら、ローソクの灯をたよりに、兜率天曼荼羅の壁画を丹念に眺めているうち、壁画の中に現（うつつ）の妻を見出し、狂気したごとく、「波那――」とさけんだ直後に、手にしていたローソクを落としてしまう。その時、道竜の意識は、すでに現実の光の中から消えて、壁の中に入っていた。

一九四七年（昭和二十二年）八月三十一日、落とし火が原因で、弥勒堂は炎上。その焼け跡から発見された焼死体の身元が判明したのは一週間を経たのちであった。

千年の歳月に沈澱《ちんでん》したがごとき闇《やみ》の中、ローソクの灯で、色彩もさだかならぬ古い壁画に現の波那を発見した道竜が、狂気したように、妻のいる天国の兜率天へ旅立っていく場面描写には幻覚美が表現されており、感動をよぶ。

東と西、二つの文化に影響を与えたペルシャ系ユダヤ人で景教徒の秦氏にまつわる特異な素材を、グローバルな視点から時空を超越して、古代と現代、幻想と現実を交錯させ、道竜、ネストリウス、作者自身を三重写しにしながら、詩的な情念で描いた幻想小説の力作である。自然主義的リアリズムを基調とする純文学、ロマネスクな物語を重視する大衆文学、いずれにも分類しがたい詩的な説話（物語）によって構成されている。

ここで、創作秘話について、『豚と薔薇《ばら》』（「兜率天の巡礼」と推理小説の表題作を収録する異色作品集　東方社　昭和三十五年十一月）の「あとがき」を紹介すると、その概要はつぎのようになる。

バスクうまれの伝道師、聖フランシスコ・ザビエルが、日本にはじめてキリスト教をつたえた日から、四百年たった年（一九四九年〈昭和二十四年〉）の夏、産業経済新聞社京都支局の宗教担当記者であった私は、京都で銭湯に入っていた。

その夏の月は、ザビエルの日本上陸四百年を記念して、日本各地でさまざまな催しがおこなわれ、ヴァチカンの法王庁からも特使が派遣されてきていて、私の仕事は、その取材がおもであった。銭湯に入浴中、一人の人物に出会った。かれは、何者とも知れぬ私に、つぎのように語った。

「キリスト教をはじめてもたらしたのは、聖フランシスコ・ザビエルではない。かれより、さらに千年前、すでに古代キリスト教が日本に入っていた。むろん、仏教の渡来よりもふるかった。第二番に渡来したザビエルが、なにをもって、これほどの祝福をうけねばならないか。その遺跡も、京都の太秦にある」

この紳士は、一見、奇矯《ききよう》にみえて、決して狂人のたぐいではないことがわかった。かれは、自分はかつて有名な国立大学の教授であった、ともいった。

私は、後年の一九五六年（昭和三十一年）、小説を書きはじめた時、この教授を動かしている執念に興味を持ったが、教授の精神像よりも、その説のほうに興味を持ち、かれの指示に従って、「日本古代キリスト教」の遺跡を踏査したのち、それを記事に書き、「すでに十三世紀において、世界的に絶滅したはずのネストリウスのキリスト教が、日本に遺跡をとどめていること自体が奇跡である」と締めくくった。説の当否はともかく、記事は多くの反響をよび、海外の新聞にも転載された。そのうち、この奇説を小説にしようと思い、昼間は新聞社で今日の「現実」を切りとる仕事をして、夜の想念は、現実から脱け出して古代地図の上を歩くという奇妙な二重生活者を、だれよりも滑稽におもったのは私自身であった。「兜率天の巡礼」の主人公は、銭湯で遭った紳士ではなくて、私自身であった。

この創作秘話には、日本における景教について語る時に欠かせない、英国のエリザベス・アンナ・ゴルドン（Elizabeth Anna Gordon）の名前が述べられていないが、「兜率天の巡礼」の中には出ている。だが、略述されているにすぎない。

ちなみに、「兜率天の巡礼」について理解し、たのしむためには、ゴルドンをくわしく知る必要がある。

かの女についての研究者は、わたくしが知るかぎりでは、亡友の森睦彦《もりむつひこ》（東海大学課程資格教育センター教授）だけであった。

エリザベス・アンナ・ゴルドンは、一八五一年、イングランドの名家に生まれ、スコットランドの貴族、ゴルドン家に嫁ぎ、ヴィクトリア女王の女官を務めながら、オックスフォード大学にまなび、英国留学中の日本人学生を援助し、〝英国における日本の母〟と慕われた親日家。日本人の国民性を好み、英国を理解してもらうために洋書を日比谷図書館（現・千代田区立日比谷図書文化館）に寄贈した。

その後、日本を拠点に東洋の宗教研究に専念し、結論として、「仏耶一元論《ぶつやいちげんろん》（Lotus Gospel《ロータスゴスペル》）」を打ち出した（森睦彦『ゴルドン夫人と日英文庫』私家版　一九九五年）。

それは、〝古代（原始）キリスト教と仏教とは同根である〟ということであり、〝秦氏＝景教徒〟説を持論とするに至った。その根底には、ゴルドンが〝神仏融和主義を進めた偉人〟として尊敬した空海《くうかい》の思想があるという（「商工毎日新聞」昭和五十九年八月一日　第六一三号）。

同紙の特集のタイトルは、「真言密教《しんごんみっきょう》の中のキリスト教（景教）高野山《こうやさん》・景教碑は何を物語るか!?　空海は聖書を読んでいた」。その下には、大正六年十一月一日、高野山にゴルドンが建立した「大秦景教流行中国碑」の模造碑（複製）の除幕式の記念撮影の写真が掲載されている。碑の前に、ゴルドンが椅子に腰掛け、密教の高僧たちが大勢、立ち並んでいる。

その模造碑のオリジナルである「大秦景教流行中国碑」については、「兜率天の巡礼」の中に記述されており、略述すると、つぎのようになる。

明の天啓《てんけい》五年西紀一六二五年、昔の長安の地である陝西省《せんせいしょう》西安《せいあん》において大秦景教流行碑なる黒色半粒状の石灰岩の碑が発見されなければ、七世紀のなかば、すでに古代キリスト教の一派が中国に入っていたという事実は、ついに知られなかったはずであった。

この碑（高さ九フィート、幅三フィート六インチ、厚さ十・八インチ、重さ二トン）が発掘された時でさえ、多くの疑問が投ぜられた。ヨーロッパの学界では、このくろぐろと炭化した奇妙な石と碑文をめぐってまず、誰も知らなかったことが一つあった。景教とはいったいいかなる宗教であるかという点、それがキリスト教の一派であることは何人も知らなかった。それほど、五世紀以来のローマ法の禁令は峻厳《しゅんげん》をきわめ、その史実の片鱗《へんりん》さえ後世に残されなかったようである。

第二に、これは中国人の擬史癖からみて偽作といわれ、この疑惑は執拗に学界を支配したが、ようやく一八九四年（明治二十七年）、フランスの東洋専門誌「通報」に、日本人の高楠順次郎《たかくすじゅんじろう》氏が、「大秦寺の僧景浄《けいじょう》に関する研究」という一文を掲載したので、その偽作でないことが明らかになった。この一文によって、高楠氏の名は、全世界の東洋学界に喧《けん》伝《でん》された。

「兜率天の巡礼」には書いてないが、仏教学者のかれは、若いころ、オックスフォード大学に留学し、ゴルドンの恩師で、東洋学者、F・M・ミュラーに師事した関係で、ゴルドンの知遇を得ることになった。その縁で、かの女は、その碑の模造碑を高野山に建立したのである。

自身がユダヤ教徒であるゴルドンは、大正時代の中期、〝秦氏＝景教徒〟説を主張しながら、各地の秦氏の遺跡を踏査し、太秦広隆寺では、秦川勝の木像を一目、見るなり、「ユダヤ人に、そっくりだ！」とさけんだ。

このエピソードは、日猶同祖論者《にちゆうどうそろんじゃ》のあいだでは有名であり、景教学者の佐伯好郎《さえきよしろう》博士は、大酒神社の胡王（ペルシャの王）の仮面を見て、「This is just a Jew!（これは、まさしくユダヤ人だ）」といった。二つの逸話は、秦氏がペルシャ系ユダヤ人であることの証《あかし》だといえよう。

例の「商工毎日新聞」（昭和五十九年八月一日発行）には、この二つのエピソードが掲載されており、臨済宗の高僧、松原泰道《まつばらたいどう》と作家、瀬戸内晴美《せとうちはるみ》（寂聴《じゃくちょう》）の対談記事も載っている。

「空海の人間学」というテーマの中で、〝真言密教の中にもキリスト教が……〟という話に言及した時、松原は概略、つぎのように語っている。

弘法大師が中国へお渡りになったことで、やはり考えなければならないのは景教ですね。当時、中国ではやったキリスト教との出会い。私、ここで弘法大師の仏教思想が培われたのではないか、と思います。旧約聖書までもらっておられますね。中国でキリスト教を勉強していたお坊さんと会って話をいたします。あそこは非常におもしろいと思います。
私もいま、自分のそばにバイブルを置いていますが、バイブルを拝見しますと、仏教のわからないところがよくわかります。
私も、バイブルを読まなければいけないと思ったのは、弘法大師のことがあったからです。

ちなみに、これは、前年の一九八三年（昭和五十八年）に松原泰道師と瀬戸内寂聴が「空海賛歌　飛翔する永遠の魂」というテーマで対談した時の記事が収録されている『空海の人間学』（竹井出版〈現・致知出版〉昭和五十八年）に拠《よ》るものである。

この発言は、「空海の風景」第十四章の「大秦景教流行中国碑」（徳宗の建中《けんちゅう》二年〈七八一年〉、長安の大秦寺の境内に建立されている）にまつわる説明を読むと、うなずける。唐に留学した空海は、その碑文を書いた大秦寺の僧、景浄と関わりの深い般若三蔵《はんにゃさんぞう》からサンスクリットをまなんでいた。

景浄は唐名を名乗っていたが、イラン人（ペルシャ人）のキリスト教の宣教師である。かれはインド人の仏教僧、般若三蔵とともに、『六波羅密多経《ろくはらみったきょう》』という経典翻訳もおこなっている。

したがって、三蔵を通して景浄を知り、大秦寺境内の「大秦景教流行中国碑」を読んだ空海が、かれから『旧約聖書』をもらい、キリスト教に興味を持ち、それと仏教（とりわけ、密教）を比較、検討し、仏教思想を培《つちか》い、帰国後、真言密教を確立したことは大いに考えられるからだ。

ところで、晩年のゴルドンは、空海が景教と真言密教の関係を十分に理解していた、と考えるようになり、その結果、真言宗の信者になった。そして、弘法大師《こうぼうだいし》（空海）が入定《にゅうじょう》（肉身をとどめて、深い悟りの境地の中で、衆生の救済につくしていること）されている高野山奥の院に、遺骨を納めることを遺言したのち、一九二五年（大正十四年）六月二十七日、七十六歳で死去。十月四日の高野山の葬儀には七百余人の僧侶《そうりょ》が参列。ゴルドンの墓標には、八弁蓮華《はちべんれんげ》（八つの花びらの蓮華）と十字架という、仏教とキリスト教のシンボルが刻まれている。

「兜率天の巡礼」の道竜が天界の兜率天へ旅立っていくラストシーンは、きわめて感動的であり、〝兜率天への旅立ち〟という表現で連想するのは空海のそれである。

空海の理想は、十八歳のころから六十二歳で入定するまで、兜率天を主宰する弥勒菩薩《みろくぼさつ》のそばに侍《じ》し、そこで往生することであり、自分は兜率天への旅人であるという意識がつよかった。

「空海の風景」にはその理想が鮮烈に映し出されており、かれが人びとの知らない別天地の高野山に、華麗な街衢《がいく》（まち）をつくった時に模範としたのは、兜率天であるという。

前述したように、兜率天に坐して思索をつづけている弥勒菩薩は、釈迦入滅後の五億年経ってから、人類を救うためにこの地上に生まれ出てくる仏である。

だが、そのように気が遠くなるほど待たねばならない人類のために、想像力ゆたかな古代インド人は、弥勒が地上に降りてくるのを待つより、弥勒が思索して説法する兜率天に、人がおもい立てば、こちらから、今すぐにも出かけていって、弥勒の説法に浴することができる機能性をつくりあげた。

「空海の風景」の作者は、その第三章で、それは、「具体的にいえば現世においてはかなわぬながら未来――死後――兜率天にうまれようということである」と、述べている。

空海と同様に、司馬遼太郎は兜率天にあこがれていたのであろうか、作品の中で好んで兜率天を表現している。たとえば、幻想小説「牛黄加持《ごおうかじ》」では、義朗《ぎろう》が准胝観音《じゅんでいかんのん》の呪《しゅ》（真言）を唱えつつ、匣ノ上《くしげうえ》の産門に牛黄を練りこんだ粘液を塗るうち、天界に踊躍《ゆやく》するのは兜率天であるにちがいない。「妖怪《ようかい》」では、幻術師の唐天子が得意の催眠術による幻術で兜率天を幻出させ、そこへ源四郎《げんしろう》と腹大夫《はらだいふ》を誘いこんでいる。

これらの二作の描写を読んだ多くの人びとは、兜率天は幻にすぎず、地球のこの世こそ現《うつつ》である、とおもうにちがいない。

ところが、十八歳（または二十四歳）の空海が創作した戯曲『三教指帰《さんごうしいき》』の主人公、仮名乞児《かめいこつじ》（空海が自身を仮託している）は、つぎのようにいう。

「地球などはいつまであるかわからない。ヒマラヤ山はなるほど天漢《あまのがわ》にとどくほどに高いがしかしそれも地球の最後の日には火にやかれて灰になってしまうのである。大洋はなるほどひろいが、水が涸《か》れて消え、かぎりなくひろがっていると思われているこの大地もどろどろになって消えてしまうのである。天にあこがれる以外に生きる方法はない」（「空海の風景」第三章）

このように悟った仮名乞児（空海）は、それ以後の生涯を、〝兜率天への旅立ち〟として過ごしている。

本書のこのくだりを、たまたま執筆していたわたくしは、二〇一一年（平成二十三年）九月十七日の夜、奇しくも、仮名乞児（空海）がいう地球の最後の日を、目の前に見て、そのおそろしさに愕然《がくぜん》とした。

その夜、NHK教育テレビは、「地球ドラマチック　月と太陽の神秘1　地球が月と離れる日」というタイトルで、アポロ11号によって月面に設置された反射鏡で測定した結果からわかったことだが、毎年、月が地球から三センチ五ミリずつ離れていく宇宙現象と、太陽が膨張しつつある宇宙現象を詳細に放映していた。月が地球から離れていくと、引力のはたらきが弱まって、地球は数十億年後、消滅し、太陽がこのまま膨張しつづけると、月と地球は、数十億年後に滅してしまう宇宙現象を、シミュレーション画像を通して、鮮明に映し出していた。

その画像は、現代の最先端の観測機器とコンピューターを駆使して得られた、確実に起こる地球の最後の日の映像である。

それを見たわたくしは、仮名乞児（空海）が、すでに古代に悟っていたごとく、地球などは、いつまで存在するかわからないので、人間は天（兜率天）にあこがれる他には生きるよりどころはないことを実感した。

▼海音寺《かいおんじ》潮五郎《ちょうごろう》の歴史小説「蒙古来《き》たる」と「ペルシャの幻術師」の相似点

文学に関して優れた理論家であった海音寺潮五郎は、優れた実作者でもあった。その例証としてあげられるのは、長編歴史小説『蒙古来る』（昭和二十八年四月から翌年八月にかけて、「讀賣新聞」夕刊に連載。平成十二年九月、文春文庫に収録するにあたって、『蒙古来たる』に改題）である。

わたくしは『蒙古来たる』の文庫解説で、

（前略）編集部から〝蒙古襲来〟というテーマをあたえられて連載した作品であるが、作者の着眼のよさと斬新《ざんしん》な発想が活かされ、半世紀ほどを経た、こんにちでも、いささかの古さも感じさせない。

と書いた。

「蒙古来る」は、鎌倉時代中期の文永《ぶんえい》の役《えき》（一二七四年〈文永十一年〉）から、弘安《こうあん》の役（一二八一年〈弘安四年〉）に至る蒙古襲来という、日本国家の危急存亡とその前後の情勢を、グローバルな視点、雄渾《ゆうこん》にして秀逸、けれんがない文章で映し出した歴史小説である。

着眼のよさとは、その当時の注目すべき争いに着眼してストーリーの展開に活用している点にある。のちの南北朝時代において、南北両朝の対立に発展する持明院統《じみょういんとう》と大覚寺統《だいかくじとう》の皇位継承権をめぐる争いと、鎌倉幕府内部で起こった、蒙古の使者をめぐる強硬派（使者を追いかえして、蒙古と対決すべきだと主張する派）と柔軟外交派（使者の平和修好の要求を受け入れることを主張する派）の争いで、この二つの争いを登場人物たちに巧妙に関連づけているのである。

斬新な発想とは、本書でくりかえし、ふれている景教の信徒や、クグツ（作者はジプシーという表現は使っていないが、かれらが、まじない・うらない、幻術、奇術、手品を演じ、音楽を奏でながら踊ることを生業《なりわい》として漂泊するジプシーとおなじものとみなしている）を登場させていることである。

わたくしは、若いころ、「蒙古来る」を新聞連載中に読み、翌日の夕刊がとどくのをたのしみにしていたことがなつかしくおもいだされる。それは作者の着眼のよさもあるが、斬新な発想に魅せられたのである。

景教の信徒でペルシャ人の美姫が登場し、ペルシャ人の血をひくクグツたちも出てくるので、異彩を放ち、その物語構成と展開も巧みで、地球規模のスケールの壮大さも魅力がある。

余談ながら、海音寺が書いていたエッセイの題名を失念してしまったので、引用できないが、つぎのようなエピソードがある。

「蒙古来る」の連載中のある日、小田急線に乗り、経堂の駅に帰り着くと、突然、豪雨が襲った。いたしかたなく、海音寺が改札口を出て豪雨の去るのを待っているうち、さすがの雨もやみかけてはいたが、まだ多少降っていた。

その時、海音寺のそばで雨宿《あまやど》りをしていた二人連れの大学生らしい男の一人が、駅の売店で夕刊を買ってきて、相手に、

「おい、この『蒙古来る』は、めっぽうおもしろいぞ。おまえも、読んでみろよ。雨はやみそうだが、まだ、降っているから、この新聞紙を頭にのせて行こうぜ」

と、いうなり、二人は外に飛び出していった。

その男の話を近くで聴いていた海音寺は、この時ほど作家冥利《みょうり》に感じたことは、後半生を通じてなかった、とエッセイの中で書いている。

わたくしは、この逸話をおもいだすたびに、若い男性が、「蒙古来る」をめっぽうおもしろ

いといったのは、作者の発想が斬新であったからだ、と今でもおもっている。

一二〇〇年代前半、ユーラシア大陸において、猛威をふるって領土を拡大した蒙古の大王、成吉思汗《ジンギスカン》は、一二二〇年、ペルシャのホラズム国を滅ぼした。

蒙古軍によってホラズム国を追われた国王の娘で、景教徒のセシリヤは、父母とともに中国の宋《そう》に逃れたが、そこで、両親と死別。しかも、蒙古の外圧で宋が危うくなったので、家来たちと日本に流亡してきた。

だが、セシリヤたちにとって、日本は安住できる国ではなかったので、かの女たちよりも以前に、日本に渡来していたクグツ（傀儡子《くぐつ》）の集団にひそかに保護してもらわねばならなかった。

およそ四百年前の平安時代（前期）、外国から渡来したクグツたちは、いくつかの家族が集団となって、ひとりの長《おさ》にひきいられて、漂泊をつづけた。

クグツの男たちは、幻術、奇術、呪術、占術《うらない》などを辻《つじ》で演じて観衆から、なにがしかの報酬《ほうしゆう》をもらった。その末裔《まつえい》にあたるクグツの集団にセシリヤたちは、かくまわれたのである。

ペルシャ王家の血筋をひく、ただ一人のセシリヤを捕えて、蒙古に引き渡せば、平和修好が可能だと主張する柔軟外交派に加担する連中から、かの女たちは追われていたからである。つまり、セシリヤの一行は、鎌倉幕府内部で起こった争いに巻き込まれてしまっていたのである。

これ以上のあらすじは、紙幅の関係で省略する。

ところで、「蒙古来る」の一つの見せ場ともいうべき〝クグツの男たちが辻で演じる奇術・幻術の壺中仙術《こちゆうせんじゆつ》〟の場面描写は、およそ、つぎのようである。

壺中仙術がはじまる前に、唐衣裳を着たクグツの男が、その口上を述べて、人びとの注目をひきつけたあとで、裸《はだか》の男が現われるや、観客の前の壺（一升徳利《いつしようどつくり》ほどの大きさ）のまわりを、音曲に合わせて踊っていたが、急に壺におどりかかったかと思うと、おどろくべし、男はその細い壺の口に、両足をそろえ、爪先立って、真っ直ぐに立ったのだ。

さらに驚くべきことが起こった。

その両足は、先のほうから飴《あめ》を引きのばしたように細くなって、壺の入口を入っていきはじめたのだ。水飴か蜂蜜を、器物にうつす時のありさまに似ていた。音曲が激しく鳴るにつれて、腹部、胸、頭の順に、壺の中に入ってしまい、ついに全身が見えなくなった。

観客はその不思議さに茫然自失《ぼうぜんじしつ》の状態になっていると、群衆の中から鈴の音が聞こえたかとおもって、人びとが自分をとりもどすと、壺の中に没してしまったはずの裸の男が小鼓を振り鳴らしながら、練《く》り出してきた。その光景に群衆は興奮し、湧《わ》きに湧いた。

これは、壺中仙術という中国の幻術・奇術である。

この術の他に、入馬腹舞、飲刀子儛、臥劔上舞など多くの散楽雑伎（戯）の儛図が、平安時代の『信西古楽図《しんぜいこがくず》』（選者不明）に載っている。

入馬腹舞は、人が馬の尻から入って、口から出てくる幻術・奇術である。飲刀子儛は、飲みこんだ刀を、つぎに吐き出す幻術・奇術で、この新書の目次扉の儛図をよく見ると、刀が細切れになっている。それを飲みこんだあとで、吐き出すのである。または、その逆を演じる、むずかしい術だ。臥劔上舞は、剣の上に人が寝る幻術・奇術である（本書の目次扉の儛図を参照されたい）。

ところで、海音寺について注目に値するのは、「蒙古来る」を連載する以前に、二カ月の間、西域《せいいき》の歴史を徹底的に調べていることである。一九五三年（昭和二十八年）のころは、日本人は、こんにちほど西域に対する関心はなかった。西域に興味を持つきっかけになったのは、一九五八年（昭和三十三年）、井上靖《いのうえやすし》が西域小説「楼蘭《ろうらん》」を発表したからである。

海音寺は井上靖よりも五年ほど前に、西域と、ペルシャについて調べている。その当時、ペルシャに興味を持つ作家はいなかったが、海音寺はその国の歴史、文化について関心を持った。

その中で、ローマ教会から異端とされたネストリウス派の信徒たちが、東ローマ帝国の都、コンスタンチノープルを去らざるをえなくなった四三一年、ササン朝ペルシャのバフラーム五世に保護されて領内に受け入れられ、ネストリウス派のキリスト教が東方につたわる、いわゆる景教徒の東遷《とうせん》の契機になったという史実を知った。

だが、バフラーム五世の時代を通してキリスト教が容認されていたかといえば、かならずしもそうではなかった。キリスト教徒にとって迫害の時代と平安な時代とがくりかえされるうち、しだいに、多くのペルシャ人たちにキリスト教が受け入れられるようになった。

しかし、ペルシャ人のキリスト教徒の中には、自国に安住できず、母国を逃れ、東方の中国の唐に入った者もいた。

六三五年、その中の一人であった司祭のアラボンが、唐の都、長安にネストリウス派のキリスト教を伝えて以来、それは〝景教〟とよばれるようになる。

およそ千年後の一六二五年、昔の長安であった西安において、「大秦景教流行中国碑」が発掘されなければ、およそ七世紀のなかば、すでに古代キリスト教の一派が古代中国に入っていたという事実は、ついに知られなかったにちがいない。

ペルシャ人のアラボンによって唐にもたらされた景教（ネストリウス派のキリスト教）は、時の太宗皇帝から教会用の建物を与えられ、また、歴代の皇帝の保護によって流行した。有名な玄宗皇帝は勅命で、長安の景教の教会を大秦寺と名づけさせた。徳宗皇帝の建中《けんちゆう》二年（七八一年）には、長安の義寧坊にある景教の大秦寺の境内に、天地創造から、神の子、キリストの誕生までの由来と、景教の流行などを記述する「大秦景教流行中国碑」が建立された（八〇四年から八〇六年にかけて、唐に留学した空海は、その碑を見たはずである）。

しかし、武宗皇帝の会昌《かいしよう》五年（八四五年）になると、皇帝が廃仏毀棄令《はいぶつききれい》（道教以外の諸宗教を厳禁すること）によって弾圧したために景教は衰え、中国の景教の信徒たちは、わずかに甘《かん》粛《しゆく》・モンゴル地方に残存するだけになった。

このような景教の歴史を知った海音寺が、各地に散ったペルシャ系の景教徒やその子孫たちが、のちのち日本に渡来することは現実的にありうると考えた時、斬新な発想がひらめいた。

そこで、一二二〇年、蒙古の成吉思汗がホラズムを滅ぼしたことにより、ペルシャの王の一家が国を追われ、その逃亡生活の中で美しい王女セシリヤが景教徒となり、中国を経て日本まで逃げてくるという物語を、「蒙古来る」の中に織り込んだのではないかと、わたくしは推察している。

ところが、「蒙古来る」の「後記」に書いてあるように、連載後、ある新聞社が主催した座

談会で、評論家、歴史作家たちが、この小説を俎上《そじょう》に取り上げて、
「ペルシャ人のキリスト教徒が登場するが、この時代にはありえないことである。キリスト教の日本渡来は戦国末期をさかのぼりえない云々《うんぬん》」
と、批判したという。

それで、「後記」の中で、海音寺は景教徒の東遷を説明したあとで、蒙古人に逐《お》われたネストリウス派のキリスト教を信奉するペルシャ人が中国に亡命してきたことも、中国が蒙古の有に帰するに従ってさらに日本に亡命してきたことも、大いにありえることではないか。しかも、ぼくは用心深く、このキリスト者等に布教などはさせていない、と書いている。

そして、そのあとで、つぎのように述べている。

渡来した文献がないという理由をもって否定するのは、人生の現実を知らざるものの言である。人生のこと一切に書いたものがのこるはずはないのである。この論難は論難者の無智識と推理力あるいは空想力の欠如を語る以外のなにものでもない。反省すべきは評者の側にあろう。

この評者はおそらく一人ではなく、複数の評論家、歴史作家たちであろう。わたくしは〝あ

る新聞社主催の座談会の出席者〟の発言記事を読んでいないので、誰と誰が、批判したのか、わからなかった。

だが、後年、わたくしが海音寺に面談した時、その件についてたずねると、その一人は村雨《むらさめ》退二郎《たいじろう》だ、と答えてくれた。

村雨は海音寺の親友で、同人雑誌「文学建設」の同人仲間であった。頭脳明晰《めいせき》にして、考証癖《へき》があり、優れた歴史作家のかれは、正統的な歴史小説「応天門」「明治巌窟《がんくつ》王」などを書いた（のちに、それらの文庫解説のために遺族で、長男にあたる方に、わたくしが面談したところ、晩年、執筆にゆきづまって自殺したという）。海音寺の話によると、その座談会後、会うたびに、村雨が批判をくりかえすので、二人の間に亀裂が生じたため袂《たもと》を分《わ》かったという。

それはともかくとして、海音寺が無名の司馬遼太郎の幻想小説「ペルシャの幻術師」を読んだ時には、異色の作品だとおもった。一人の日本人も登場せず、ペルシャ人の幻術師、若い蒙古人の王、美姫を主な登場人物として、西域のペルシャを舞台にする小説であったからである。

その当時は、外国を舞台に日本人の出てこない小説は、編集者、評論家、作家、読者から好まれなかったが、海音寺は「中国英傑伝」「妖艶《ようえん》伝」「孫子《そんし》」などの中国ものを書き、「崑崙《こんろん》の魔術師」「天公将軍張角《ちょうかく》」などの幻想小説に、幻術師・魔術師を登場させていたので、「ペルシャの幻術師」を読んで感動したのである。そして、それを読みながら、「蒙古来る」をおもいだし、くらべてみて、感慨深いものがあったとおもわれる。
なぜかというと、「ペルシャの幻術師」の初章「メナムの雑踏」の冒頭の文章には、要約すると、
一二五三年の夏、成吉思汗四世蒙哥《マング》が、弟の旭烈兀《フラーグ》に二十万の兵を授け、ペルシャ攻略の緒につきはじめていた。
と、記述されており、それを読んだ海音寺は、「蒙古来る」の中の「成吉思汗が、一二二〇年、ペルシャのホラズム国を滅ぼした」という記述をおもいだし、二つの作品がおなじような時期を背景にしていることに気づいたに相違ないからだ。
しかも、「ペルシャの幻術師」の終章「死闘」の末尾に近い文章には、
一二八一年、日本の弘安四年の夏、忽必烈《フビライ》の蒙古軍十四万が玄界灘《げんかいなだ》を押渡り、同閏《うるう》七月一日、博多湾頭を襲った狂飈《きょうひょう》のために、生存数千を残して悉《ことごと》く滅んだ。
と、漢文調の記述でくくっているのを読んだ海音寺は、自作の「蒙古来る」の終章の記述文を

読んでいるような錯覚を覚えて、「ペルシャの幻術師」と作者に、親近感を持ったとおもわれる。

そう考えてみると、海音寺が講談倶楽部賞の選考委員会で、「ペルシャの幻術師」をつよく推薦したのは、〝幻覚の美しさ〟に魅せられただけの理由ではなかったことがわかる。「蒙古来る」との関連では、「兜率天の巡礼」にも、相似点があることに海音寺は気づいたはずである。「兜率天の巡礼」では、ペルシャ系ユダヤ人の景教徒と、秦氏をむすびつけて、かれらがペルシャを経て、インドに入ったのち、インドの東岸から海路で、中国沿岸に沿って北上し、東シナ海を渡り、古代日本に渡来してくる東遷が描かれている。「蒙古来る」では、ペルシャ人の景教徒と秦氏はむすびつけられていないが、景教徒のセシリヤたちが、中世の鎌倉時代に、アラビアから船で中国沿岸を経て、日本に渡ってきているので、その点で相似していることに気がつき、作者の司馬がよく調べているのに感心したにちがいない。

前述したように、「兜率天の巡礼」は、詩的な説話（物語）構成による幻想小説で、従来の純文学、大衆文学のワクを越えており、同人雑誌「近代説話」に発表された。「近代説話」の発刊の理念は、小説に新しい説話性を導入することであった。同人で、詩人、作家の伊藤桂一に、わたくしがその点についてたずねると、新しい説話性というのは、斬新な物語性ということであり、エンターテインメントの物語性ではなくて、詩心に発するそれであるという。

その理念から考察すると、「近代説話」の創刊号に発表した「戈壁の匈奴」は、詩的想像力の結晶純度が高い叙事詩であり、第二号に発表した「兜率天の巡礼」は、斬新で、詩的な物語性ゆたかな幻想小説の力作である。

▼牛を口から呑《の》みこむ呑牛術《どんぎゅうじゅつ》と、細い口の壺から人間が入る壺中仙術《こちゅうせんじゅつ》との関連

ところで、「睡蓮　花妖譚六」「ペルシャの幻術師」「戈壁の匈奴」「兜率天の巡礼」「梟《ふくろう》の城」「外法仏《げぼうとけ》」「牛黄加持」「果心居士《かしんこじ》の幻術」「妖怪」「大盗禅師《だいとうぜんし》」などの幻想小説、そして、小説「空海の風景」を丹念に読んだあとで、雑密《ぞうみつ》、純密《じゅんみつ》について調べているうち、雑密、純密から、インド魔術・幻術が生まれたのであろう、とわたくしなりに考えるようになった。

うらない・まじないの雑密は、たとえば病気を治し、災いをさけるために使われているうちに、その呪術を唱える専業者が現われるようになり、術が高まるにつれて、魔術師・幻術師とみなされる者が出て、インドの魔術・幻術が生まれたのではなかろうか。

前述したことのくりかえしになるが、古代インドのドラビダ人は、雑密の「孔雀《くじゃく》の呪《しゅ》」を生み出した。それを仏性という崇拝対象である純密の「孔雀明王」に高めたアーリア人は、その

他に、「大威徳《だいいとく》明王」「不動《ふどう》明王」「千手観音《せんじゅかんのん》」などの諸仏、諸菩薩を誕生させた。

これらの諸仏、諸菩薩は、現世利益《げんぜりやく》を実現するために、それぞれの役割分担を持つので、それに応じて、仏像がつくられた。

たとえば、大威徳明王騎牛像《きぎゅうぞう》（京都・東寺蔵）は、牛に乗り、手に剣、鉾《ほこ》など異なった武器を持ち、千手観音菩薩像は、一千の手を持っている（実際には、一千の手はなく、その数は異なる）。

それらの仏像を見るたびに、わたくしは古代インドのアーリア人たちの想像力・幻想力のゆたかさに感嘆すると同時に、インド魔術・幻術が、諸仏、諸菩薩に影響を与えているのを痛感する。

たとえば、「外法仏」の大威徳明王は、行者《ぎょうじゃ》が呪文の真言を唱えながら、精神を集中し、入《にゅう》我《が》我入《がにゅう》の状態に達すると、明王が乗っている牛が、まず、角を振って吠《ほ》えはじめ、つぎに明王が、武器を持つ手を振り上げて、その武器で怨敵《おんてき》を降伏させると信じられている。

それは、まさに、魔術・幻術がはたらいているとしか表現できないもので、わたくしが、インド魔術・幻術の原点を純密の諸仏、諸菩薩に見出すゆえんである。

大威徳明王が乗っているのは牛である。牛は、昔からインドでは、神聖な動物とされていることや、呪術に使われる牛黄のこと、さらに、幻想小説「牛黄加持」では、牛黄に高僧の精液をまぜて、安産の加持祈禱《かじきとう》に使われていることなどをおもいあわせると、ふしぎな動物である。

古代インドのドラビダ人の雑密から生まれたインド魔術・幻術とは異なり、ペルシャのそれは、古代ペルシャのゾロアスター教（中国には唐時代に入り、祆教《けんきょう》とよばれた）から生まれた、とわたくしは推察している。

ゾロアスター教は、ペルシャの預言者、ゾロアスターが創始した呪術宗教で、善神の象徴である聖なる火を崇拝する古代ペルシャの国教として栄えた。

拝火教とよばれるように、悪神、悪魔を追いはらうために、聖火に〝芳香を与えること〟が重要なので、香木、乳香をくべながら、聖呪《せいじゅ》を唱えるのが特色の呪術宗教である。

その聖職者（僧侶）のmagi《マギ》は、うらない・まじないなどの呪文を唱え、さまざまの病気を治し、災いを追いはらう呪術の達人であった（呪文を唱えることは、投薬よりも効果があると信じられた）。

マギは信者を獲得するために魔術・幻術をおこなった。神院を訪れた人びとにHaoma《ハオマ》酒（麻薬性のある草や石榴《ざくろ》の枝などからつくった麻薬酒で、儀式に用いられる聖なる酒）を飲ませ、聖火を焚《た》き、恍惚《こうこつ》感を誘うペルシャの音曲を流しながら、相乗効果をねらって、人びとに魔術・幻術を見せていた。集団催眠術を使い、説教とその効果を高めたといわれている。

それで、magiは、英語magic《マジック》（魔術・奇術・呪術）の語源になっている。

マギの魔術・幻術には、聖火や、剣を口から呑んだり、馬や、牛を口から呑みこみ、尻から出したり、マギが細い壺の口から、中に入ってしまうなど、さまざまな術があった。これらの古代ペルシャの魔術・幻術は、中国につたわると、散楽雑伎《さんがくざつぎ》（戯）とよばれ、古代の日本にもつたわっている。

幻想小説「飛び加藤」（短編集『ペルシャの幻術師』文春文庫収録）の主人公で、戦国時代、上杉謙信《うえすぎけんしん》、武田信玄《たけだしんげん》などに関わりがあった忍者、飛び加藤が群衆の前で真言を唱えたあとで、牛の後脚、尻、胴、前脚、頸《くび》の順に呑みはじめた時に、群衆が、巧みな集団催眠術に操られているありようが描かれている。

飛び加藤といわれた加藤段蔵《だんぞう》が見物の人びとの前で牛を呑む幻術をおこない、人びとの胆を消したという記述が載っているのは、『甲越軍記《こうえつぐんき》』の続編とされる『烈戦功記《れっせんこうき》』（江戸時代後半から幕末にかけてつくられた読本）の前編である。

これを種本として、呑牛術に催眠術を応用したという現代的解釈を加えて、映し出しているのである。

呑馬術の例では、江戸時代の元禄のころ、江戸両国橋の近くに小屋掛けして、呑馬術で観客を魅了、圧倒した幻術師、塩売長次郎《しおうりちょうじろう》がいる。

かれが登場する幻想小説「白椿　花妖譚八」（「未生《みしょう》」昭和三十二年一月号に発表。のちに『花妖譚』文春文庫収録）には、一頭の悍馬《かんば》を徐々に嚥下《えんか》し、最後の蹄《ひづめ》を口へ入れてしまい、やがて、それを吐き出す演技のありさまが、略述されている。

「下請《したうけ》忍者」（短編集『ペルシャの幻術師』文春文庫収録）では、伊賀の忍者、猪《い》ノ与次郎が、群衆の前で、馬の後脚の蹄からはじめて、尻を呑みこむ。そして、尻から脚の順で吐き出す様子が映し出されている。おもしろいのは、与次郎が群衆を集団催眠術にかけている間、術にかからずに眺めている老忍、わら猿《ざる》の目で見ると、与次郎は、半腰になって馬の琵琶股《びわまた》に抱きついて、腰を振っては、上へ下へと伸びてゆく、ただ、それだけのことにすぎないのだが、催眠術にかけられた群衆には、馬が呑まれてゆくように見えるのである。

呑牛術の飛び加藤、呑馬術の猪ノ与次郎、いずれも、伊賀の忍者である。これは、偶然のことではなく、本書の第五章でふれたように、〝陽忍《ようにん》〟と〝陰忍《いんにん》〟ばたらきをする忍者には、山伏と同様に、催眠術の能力が必要とされているのである。

ところで、呑馬術の達人、塩売長次郎とはいかなる人であったのかを調べてみると、名前のごとく、若いころ、塩売りの行商を生業にしていた。だが、ただの行商人ではなかった。塩を升で量って袋に入れる時、一升の塩を五升にも一斗にも量ってみせたという。

長次郎の奇術・幻術でおもいだすのは、マギのそれであり、この両者が催眠術治療に優れていたことである。

のちに長次郎は、浅草で催眠術応用の治療をおこなっている。幻想小説「白椿」は、長次郎が、呑馬術できたえた催眠術を活用し、大店《おおだな》の娘の労咳《ろうがい》（こんにちの肺結核）を治す過程を描いている（作中では、京都府立医大のN教授が、アメリカの臨床医学界で古くから試みられている催眠術応用の治療をおこない、少なからぬ治癒例を出しているというエピソードが挿入されている）。

現代医学においても、催眠術応用の治療は、その効果が期待できることについて示唆する、この短編小説は、興趣深い。

つぎに、呑馬術、呑牛術とともに知られているとおもわれる壺中仙術を例にあげると、それが、中国の仙術や、インドの魔術・幻術、そして、ペルシャの魔術・幻術にも関連しているのがわかる。

「蒙古来る」では、壺中仙術が演じられる前に、唐衣装のクグツの男が、群衆に向かって、つぎのような口上を唱えている。

「これは、壺中仙の術。伝え承る、古え、唐土の仙人、壺公は、一個の壺を住いとしていたと申す。ある時、費長房《ひちょうぼう》という者、壺公に伴われて、壺中に入ったところ、天地山川、楼閣台榭《だいしゃ》、禽獣草木《きんじゅうそうぼく》、人馬鶏犬、一切具備して、宛然《えんぜん》として一世界をなしていました由。これは、その壺公より連綿伝えたる術。――ハイッ！」

その男が、そう口上し終えるや、こんどは、裸のクグツの男が現われ、人びとの前で、壺中仙術の奇術・幻術をはじめる。

本書の第五章で、わたくしは、仙術が、中国の道教の神仙思想による術で、雑密の咒《しゅ》（呪）とも深く関わっていることを、幻想小説「妖怪」の幻術師、唐天子《とうてんし》を通して、わかりやすく説明したつもりである。

幻術師で、唐渡りの仙術を使う唐天子は、お今《いま》（今参《いままい》りの局《つぼね》）に近づくために、雑密の歯の痛みを治す咒を唱えて、かの女の歯痛みを治したのである。唐天子は仙術と雑密の「地蔵の咒」を体得しているので、その咒を唱えなくても、地蔵霊が宿る桑《くわ》の枝を持ち上げただけで、お今の歯の痛みを治していることについても説明した。

雑密と道教（仙術）は、呪術宗教として、習合（混合）しているので、唐から渡来した幻術師、唐天子を通して、雑密を描こうとした作者の創作意図がうかがえる。

仙術が純密とも習合（混合）している好例を、「蒙古来る」における「くぐつ」の章の壺中仙術の奇術・幻術の場面描写の中に見出すことができる。

壺中仙術が演じられるにあたって、唐衣裳のクグツの男が、現世利益を祈願する純密の真言を、その口上の中で唱えているからである。この純密の真言には、これから演じられる壺中仙術が成功するようにという祈願もこめられている。

「さアて、皆々様、やつがれ共は、皆様おなじみの金持連《カネモチツラ》親分にひきいられましたるクグツの群でござります。（中略）かく賑々《にぎにぎ》しくご来到、ありがたく、お礼申し上げます。まずは、吉例によりまして、おん祈り。陰陽和順、五穀豊穣《ほうじょう》、百姓安堵《あんど》、君臣豊楽、国家平安、アビラウンケン、ソワカ、アビラウンケン、ソワカ……」

中国の魔術・幻術とされている壺中仙術は、古代インドの雑密や、純密の現世利益祈願の呪文とも関連しており、インド魔術・幻術に習合しているようにおもえる。

さらに、注意して壺中仙術がはじまる前の場面描写を読むと、その男は、すさまじい隈取《くまど》りをほどこし、伎楽《くれがく》の面をかぶったような顔をしている、と書いてある。

わたくしはそのクグツが、〝伎楽の面をかぶったような隈取りをほどこした顔〟という表現に注目した。

そこで、おもいだすのは、ペルシャ人のミツル・マルチーク、すなわち、味摩之《みまし》（ペルシャ人名の漢訳名）である。かれは、伎楽、奇術・幻術などの散楽雑伎（戯）を、中国、朝鮮の百済《くだら》から、推古《すいこ》天皇の二十年（六一二年）に飛鳥《あすか》につたえている（本書の第五章で、井本英一『古代の日本とイラン』を参考にしながら、味摩之と伎楽の関連について略述しておいた）。

味摩之については、『日本書紀』の推古天皇二十年の条に、〝さてまた、百済の人味摩之が帰化して、呉に学んで、伎楽の舞を習得しているといった。桜井において、少年を集め伎楽の舞を習わせた〟と記載されており、大和朝廷は、かれを飛鳥の都近くの桜井（現・奈良県高市郡《たかいちぐん》明《あ》日香村豊浦《すかむらとようら》の向原寺《こうげんじ》付近）に住まわせ、そこに少年たちを集めて伎楽の舞を伝習させた。

この百済人の味摩之が、かつての呉の地で伎楽の舞をまなび、日本に渡来したので、桜井に少年たちを集めて、それを習わせたというのである。

伎楽は、呉楽《くれがく》ともよばれ、中国の呉（南部地方）の楽舞のことである。

味摩之は、なぜ、ペルシャ人名、ミツル・マルチークを名のらず、朝鮮の百済に行き、百済国人になったのであろうか。

ちなみに、そのころ、百済の隣国、新羅《しらぎ》では、散楽雑伎が流行していたという。

新羅ではやった散楽雑伎の中に、『信西古楽図』にも図がある〝新羅楽の入壺舞〟が入っており、それが、中国の壺中仙術の別名であるからだ（新羅楽の〝楽〟は、音楽に合わせて踊ることである）。

この中国の壺中仙術（新羅楽の入壺舞）を、他の伎楽や、散楽雑伎とともに、中国から日本につたえたのは味摩之であるとおもわれる。

わたくしの考察では、伎楽の演技の中に、中国の壺中仙術や、その他の中国の仙術、インド魔術・幻術、ペルシャ魔術・幻術が習合しているとおもっている。

味摩之が伎楽をまなぶ以前の中国南部地方は、中国の仙術、インド魔術、ペルシャの幻術が早くから流行していた地だったので、それらが、習合する傾向が著しかったといえよう。

「蒙古来る」の作者は、そういうことを知っていたので、壺中仙術の演技を描写するにあたって、それが、中国の仙人、壺公による仙術で、雑密の咒、純密の呪術と習合している、と理解していた。

そこで、「アビラウンケン、ソワカ」の真言をくりかえすクグツの男を登場させたり、仙術は、ペルシャの魔術・幻術とも習合しているのを理解していたので、〝伎楽の面をかぶったような隈取《くまど》りをほどこした顔〟の男を出したのだ、とわたくしは解釈している。

ここで、わたくしなりの想像力をはたらかせて、味摩之と中国の壺中仙術との関連について推察してみると、つぎのようになる。

中国の南部地方の呉が、自国ペルシャが起源とされている伎楽のさかんなところだ、と知ったミツル・マルチークは、呉に行ってこれをまなんでいる間に、伎楽の演技の中に中国の壺中仙術とよばれる魔術・幻術を見て、魅せられた。

それは、ペルシャのマギが、昔から演じてきた〝壺の細い口から、中に入ってしまう術〟に似ていたからである。

そこで、味摩之がおもいついたのは、中国の壺中仙術に、ペルシャの異国情緒を加え、その演技を変えて、中国の観客をひきつけるために工夫を凝《こ》らすことだった、とおもわれる。

演技に合わせて奏でていた中国の音曲を、ペルシャのそれに変えたり、マギが演じていた、頭から胸、腹部、太股《ふともも》、両足の順に壺に入れる演技の順序を逆に、両足から太股、腹部、胸、頭の順に変えて、壺に入れることにしたのである。

これは、中国の壺中仙術に、マギが演じていた魔術・幻術を習合させたものである。味摩之は、それを他の散楽雑伎とともに、自分自身が演じたり、教えていたにちがいない。

その後、朝鮮の百済においても、伎楽、魔術・幻術などの散楽雑伎（戯）を教えようとしたが、何かの都合で、ペルシャ人名、ミツル・マルチークを秘めておく必要が生じたために漢訳名、味摩之を使うことにした、とおもわれる。

その漢訳名で百済に渡り、百済国人になったかれは、百済で散楽雑伎を教えた。さらに隣国、新羅においても教えているうち、味摩之が習合した壺中仙術が、新羅楽の入壺舞とよばれて流行するようになったので、日本にも、壺中仙術や伎楽などの散楽雑伎（戯）を普及させる目的で渡来した、と考えられる。

先にふれたように、味摩之が伎楽をまなぶ以前の中国南部の呉の地では、仙術、インド魔術、ペルシャの幻術が流行していた。

なぜかというと、そこには、道教方術士（仙術師）、インド魔術師、ペルシャの幻術師たちが集っていたからである。

インドから陸路のシルクロードを通って、中国に入ったり、あるいは、南インドから陸路を離れ、ベンガル湾を渡って東南アジアに至り、あとは陸沿いに中国まで北上し、中国入りしたインドの魔術師や、陸路のシルクロードを経て、中国に入ったペルシャの幻術師たちである。

人種が異なり、術が相違するので、技を競い合ったあとで、相手の術と、自分の術をくらべて、習合させるケースもあったにちがいない。

▼唐時代の道教の仙術師、羅思遠《らしえん》と、インドの大呪術師、不空三蔵《ふくうさんぞう》との幻術の競い合い

そのような実例は、唐時代、天宝《てんぽう》年間に見られる。

杉山二郎の『遊民の系譜　ユーラシアの漂泊者たち』（青土社　昭和六十三年）によると、晩唐の詩や、『仏祖歴代通載《ぶっそれきだいつうさい》』という古書の第十七巻などの仏教関係の書物に、唐宮廷の玄宗帝《げんそうてい》の面前で、道教方術士、羅思遠（羅公遠とするものもある）と、密教の渡来僧、不空三蔵との間で、中国方術（仙術）とインド魔術の競い合いがおこなわれたことが記載されているという。

その競い合いの最中、羅思遠の形勢が不利になった時、かれを寵愛《ちょうあい》し、肩入れしている玄

宗が、羅思遠に味方しようとして玉座を立とうとしたほど、道教の仙術の魔術が、密教のインド魔術にほんろうされ、勝負がついている。

羅思遠の経歴、その他については不明である。

不空三蔵については、「空海の風景」に記述が点綴《てんてい》（あちこちに散らばっていること）しているので、まとめてみると、つぎのようになる。

かれはインド生まれといわれ、父は北インドの婆羅門《バラモン》階級の出身。不空の生地については諸説あるので、わからないことが多い。だが、要するに、唐でいう西域の人である。

不空は多能な人物で、雄弁家、名文家、大呪術師だったので、かれを崇拝する空海は、自分が不空の生まれ変わりだ、と信じていた。

大呪術師不空は、天性としかいいようのない呪術能力があったので、ある時、その天稟《てんぴん》の呪術能力を唐の宮廷で発揮し、玄宗皇帝をして感激のあまり、わざわざ玉座を降りてその膝前《ひざまえ》に跪《ひざまず》かしめたことがあった。

大呪術師として、密教を唐の宮廷に浸透させようとした不空は、その個人芸によって、密教の世俗的な人気を得るためにも、玄宗に接近し、道教方術士と呪術をたたかわせて勝ったのである。

「空海の風景」には、その道教方術士が、先述の羅思遠であるとは明記されてはいないが、羅思遠であることは確かである。

　不空については、不詳なことが多いのだが、杉山二郎の『遊民の系譜』の中で、「中国の『宋高僧伝』には、不空が元来、北インドの婆羅門族の出身で、幼年時に故郷を失い、叔父に従って東国をめぐり歩いているので、故郷を喪失した彷徨者《ほうこうしゃ》、遊行者《ゆぎょうしゃ》であろう」という主旨の記述があるという。

　それに注目した、わたくしは、不空は中国の道教の仙術、古代インドの雑密、純密、インドの婆羅門の幻術、インド魔術などを体得したのち、それらにペルシャの幻術・幻戯を習合した大呪術師であったと推察した。

　なぜ、故郷を失ったのか、それについての記述はないが、不空は幼年期の東国めぐり（中国が中心であったとおもわれる）の体験から、彷徨者・遊行者になったとおもわれる。

　わたくしは、不空が、東国だけでなく、西のペルシャにも行き、西胡《イラン》（ペルシャ）の幻術師と接触している間に、幻術・幻戯を習得して唐に来たので、唐では西域の人として見られていた、と推察する。

「空海の風景」第十五章で、作者は概要、つぎのように述べている。


　盛唐以後の唐朝にあっては、道教の宮廷勢力が大きかった。これに対抗するのに、不空も、呪術をもって渡り合わざるをえなかったのは当然であったであろう。インド人僧が中国にもたらした純密が、厖大な思想体系を内包していたにもかかわらず、その宮廷にたいする接触面においては呪術や加持祈禱、さらには西胡の幻戯のようなまねまでせざるをえなかった。純密が中国に渡来するにあたって、呪術性という点で似たような道教が存在したということは、密教にとって、逆縁としても順縁としても、不幸であったといえる。

道教の仙術との競い合いで、不空が〝西胡の幻戯のようなまね〟をしたということは、かれがペルシャの幻術に通じていたということである。

漢民族の信者が多く、宮廷内でも勢力が大きかった道教、それから生まれた仙術を玄宗皇帝は愛好していたので、不空は仙術と対決する以前に、すでにその技法を調べてそれを体得していたことが、十分、考えられる。

呪術能力が抜群のインド人のかれは、インド魔術の起源ともいうべき雑密、純密にも通じていたにちがいない。

しかも、不空の父親は、北インドの婆羅門階級の出身で、不空自身も婆羅門の出身者だといわれている。

インドの婆羅門とは、古代のアーリア人が形成した第一の身分階級（僧侶・司祭）のことである。

この階級の僧侶・司祭たちは、インドの民族宗教のバラモン教を信仰しており、その教徒の中には、幻術に優れた者がいた。

幻想小説「果心居士の幻術」（「オール讀物」昭和三十六年三月号発表。のちに短編集『ペルシャの幻術師』文春文庫収録）の主人公、果心居士は、戦国時代のみならず、日本史上、最も有名な幻術師である。

「果心居士の幻術」では、かれの父親、吠檀多《ベーダンタ》は、天竺《てんじく》（インドの古称）のバラモン僧で、乗っていた唐船が紀州熊野に漂着した時、そのまま上陸して奈良の興福寺《こうふくじ》に住みつき、仏法僧になったが、女犯の罪をおかし、隠し子を商人の娘に産ませた。それが果心だという。かれは成長するにつれて天竺楽（婆羅門楽）に魅せられ、天竺にそれをまなびに行ったといわれている。

かれの父、吠檀多は、幻術師でもあったので、その影響で果心は故郷ともいうべき天竺で流行していた天竺楽をまなびに行ったのであろう。果心はその中の一つ、「胡飲酒《こいんしゅ》」を好んだという。

天竺楽の中には、「胡飲酒」「万秋楽《ばんしゅうがく》」「迦陵頻《かりょうびん》」などの八つの曲目（舞曲）がある。

「胡飲酒」を好んだ果心は、それを習得するうち、その中に古き婆羅門の呪術がこめられていることに気づき、のちに、その呪術を使う。

果心がそれを使う場面描写は、およそ、つぎの通りである。

奈良の興福寺のある僧が京都にのぼったとき、四条河原《しじょうがわら》の茶店で酒を飲んでいる果心を見つけた。榻《とう》（腰かけ）に青竹の杖《つえ》を横たえて、休んでいた果心が、その僧に気づき、

「来《こ》よ」

と、太い青竹の先でまねいた。僧の足が青竹の切口に向かって吸いよせられるように歩みを開始した。ところが、僧の目の前に輪を描いて動く青竹の切口が、僧の足をそれ以上に進ませなかった。

「来よ」

果心の声だけが耳朶《じだ》を打つ。僧は、汗の流れるほどに足掻《あが》いた。

「早う来う。わしは懐かしゅうある。酒が好きなら、ここで酌《く》みかわそう。竹の中に入れ。切口から入れ。中に机があり酒壺が置いてある。おのれの榻もととのえてあるぞ。早う来う」

その声を、夢寐《むび》の中の人のように僧は聞いた。やがて目の前にまわる竹の切口は大きくひろがり、僧は、玉殿の中に招じられるような気持ちになって、その洞窟の中に足をふみ入れた。そのとたん、

（ああ）

と空《くう》を踏んだ。大きく転倒した時は、目の前で青空が回転していた。

「どうなされた」

茶屋の亭主が走りよって揺さぶりおこしてくれた。意識がようやくもとにもどった時、僧ははじめて、一本の青竹のはしを、両手で必死ににぎりしめている自分に気づいた。

この場面描写は、「蒙古来る」の壺中仙術を連想させる。唐衣裳のクグツ男の口上によると、唐土の仙人、壺公に伴われて、費長房《ひちょうぼう》という者が、壺中に入ったところ、すべてのものが備わっている世界であったという。それは、果心によって青竹の中に、誘いこまれた興福寺の僧が見た世界に通じており、天竺楽の呪術のおもしろさである。

その呪術は、右の場面描写を読むと、催眠術応用のそれであることがわかる。司馬のエッセイ「幻術」（『余話として』文春文庫収録）でも、果心居士は稀代《きだい》の催眠術師として書かれている。かれが松永弾正久秀《だんじょうひさひで》の面前に、亡き妻を出現させ、しゃべらせたので、悪漢で知られる弾正が、総身の毛が立つばかりに慄《ふる》えあがっていると、女の声音《こわね》が少しずつ変わって、やがて果心の声になった。弾正の前に坐っているのは、女ではなく果心であった。いうまでもなく、弾正は催眠術をかけられていたのである。

不空が果心と異なるのは、前述したように、インドの婆羅門の幻術をはじめとして、ペルシャの幻術、中国の道教の仙術に至るまで、体得していた大呪術師であったこととおもわれる。不空にくらべると、弟子の中国人、恵果《けいか》の呪術力は比較にならなかったといわれていたが、つぎのような話が残されている。

大暦《だいれき》十三年といえば不空が死んで四年後のことだが、かれは観音台に登って祈念した。月夜であったというが、月のなかに観音像がありありとあらわれて群衆を陶然《とうぜん》とさせたという。(「空海の風景」第十五章)

恵果は請雨《しょうう》の修法《ずほう》の呪力で、雨を降らせたこともあったといわれている。

恵果の弟子にあたる空海は、若いころから役　行者《えんのぎょうじゃ》と同様に、山林修行者として修行をつづけていたので、古代に渡来した雑密に関心がつよかった。そのため、唐に留学中、それらと密接な関連があるインド魔術・幻術にも関心を寄せ、密教寺院、祆教とよばれたゾロアスター教の波斯《ペルシャ》寺に魅せられたにちがいない。

特に、波斯寺の門前では、ペルシャ人が得意とする幻術・幻戯、奇術、伎楽などが演じられていたので、それらを見て、たのしんだことは想像するまでもない。

当時、人口百万人で、諸外国人が多数住んでいた国際都市、唐の都長安《ちようあん》は、石田幹之助《いしだみきのすけ》が
その高い学識と詩魂を見事に合致させた名著「長安の春」や、「空海の風景」第十四章を読めばわかるように、殷賑《いんしん》をきわめていた。

宮廷内では、道教方術士、インド魔術師、ペルシャの幻術師たちが、皇帝の目をたのしませるために演技を競い、街頭では、それらの仙術師、魔術師、幻術師たちが群衆を幻惑させ、波斯寺では、マギが信者を獲得するために幻術・幻戯を演じたので、仙術、魔術、幻術・幻戯が流行し、習合がすすんだ。

不空の又弟子にあたる空海は、不空の没後に、唐に留学したので、この稀代の大呪術師に会ってはいないが、呪術能力に優れた不空が、道教方術士、羅思遠と競い合った話を聴いたともわれる。

その後の延暦《えんりやく》二十三年（八〇四年）の末に長安に入り、恵果に会った空海は、密教の奥義を伝授されているので、師にあたる恵果が、大暦十三年（七七八年）に、月の中に観音像を現出させた現象を見てはいない。だが、その話は、本人から聴いていたか、人から知らされていたであろう。

空海の呪力は、帰国後の天長《てんちよう》元年（八二四年）、平安京の神泉苑《しんせんえん》において、孔雀明王《くじやくみようおう》を本尊とした雨乞《あまご》い（干天に雨を降らせること）の加持祈禱によって発揮されたことは有名である。

晩年近い空海が、高野山の奥の院に高僧たちを集めて、高邁《こうまい》な説教をするさいに、集団催眠術応用の呪術を使い、本尊の大日如来像を現出させたという説が流布されたことがある。だが、それは典型的な俗説だ。空海のような偉僧が、そのようないかがわしい呪力を使って説教するはずがないからだ。空海が雨乞いの修法をおこなったのは、皇族、貴族たち支配階級の人びとの間に、密教をひろめるために、やむをえず呪力を使ったのである。

不空、恵果、空海三人の呪力については、この程度にとどめておく。不空三蔵は密教を中国にひろめるにあたって、古代インド語のサンスクリット（梵語《ぼんご》）で書かれている密教の多くの経典を、唐語に翻訳するのに尽力し、密教を大成した。そして、多数の門弟の中から秀才の恵果を選び、密教の奥義を伝授した。

不空と同様に、恵果も多くの門弟の中から空海を選んでいるが、選びかたはちがっていた。かれは空海に会う前に、この留学僧が文章の達人で、詩才があり、密教の造詣《ぞうけい》が深いということを聞いていたのか、おまえが来るのを待っていたといった、とつたえられている。

空海は二年間の留学を終えて、密教の正統の継承者として帰国後、純密を体系だてて再組織し、日本化した真言宗を確立する。

したがって、古代インドの雑密を起源とする純粋密教は、不空、恵果らによって中国密教として体系化され、日本においては、空海によって真言宗として確立されるのである。

ところで、空海が唐に留学していたころ、インド密教と中国密教は、すでにそれぞれ、衰えていたことは注目に値する。

インド密教は、インドにおいて、しだいに密教本来の性格を失い、ヒンズー教（仏教成立以前からあったバラモン教に民間信仰が加わってできた宗教）の生殖崇拝と、男女の愛欲を肯定する左道密教（左道とは、邪教という意味があるので、教義が性的なほうにかたむいた密教のこと）の影響を受けて変容する。

その後、左道化したインド密教は、チベットにつたわり、男女の性交による性的快楽を重視するチベット仏教になる。それが日本に伝来し、性欲を大肯定する邪教、真言立川流《しんごんたちかわりゅう》になった。

インドでは、十三世紀のはじめに、イスラム教徒が侵入し、インド仏教の最終の本拠、ビクラマシラー寺を破壊したために、インド密教はインドの歴史から消滅した。

インド僧によって、中国にもたらされたインド密教は、不空、恵果らが、その呪力を通して、宮廷や一般の人びとに、中国密教としてひろめようとした。

だが、玄宗皇帝が中国の民族的宗教、道教を好み、宮廷内の道教信者、道教方術士たちが、中国密教が浸透するのを好まなかったことや、中国密教の呪力が一時的に道教のそれに勝ったものの、結局は道教の呪力に吸収されてしまったこと、中国密教の性的な秘儀が道教の道徳主義に合わなかったことなどから、中国密教はしだいに衰弱し、やがて消滅してしまう。

したがって、古代インドにルーツがあるインド密教、中国密教は、中世には消滅するのだが、空海によって日本にもたらされた密教は、真言宗として確立されたのち、その命脈は現在に至るまで、ひきつがれている。

ここで、おもいだしていただきたいのは、本書の第二章で、わたくしが述べたように、〝中央の文化は、時の権力者の勝手な都合、あるいは、戦争など人為的な事情、その他の状況などによって、辺境に残るケースが多い〟ということである。

中央の文化、インド密教は、前述したような人為的な事情によって、中央ともいうべきインドには残存することなく、中国においても、中国密教として残らなかった。だが、この極東の辺境、日本には、真言宗として、現代に至るまで残存しているからだ。古代インドの雑密を起源とするインド密教の経典、修法（僧、行者が手に印《いん》をむすびながら真言を唱えること）、密教法具（金剛杵《こんごうしょ》、金剛鈴《こんごうれい》など）、諸仏、諸菩薩像（孔雀明王像、大威徳明王騎牛像など）による勤行《ごんぎょう》は、高野山の奥の院をはじめとして全国の密教寺院において、おこなわれている。

あとがき

わたくしが幻想小説「ペルシャの幻術師」をはじめて読んで以来、半世紀以上が経つので、あらためて司馬遼太郎が一九五六年（昭和三十一年）に講談倶楽部賞に応募したころをふりかえってみた。

幻想感をこめた歴史ロマンの異色作「ペルシャの幻術師」は、懸賞には落選するにちがいないと覚悟する一方、ユーモア作家クラブに入会し、ユーモア小説を書きはじめている。

入会にあたって、司馬遼太郎の筆名で書いた自己紹介の文面には、『三河一向一揆史《みかわいっこういっきし》』『加賀《かが》一揆始末《いっきしまつ》』（いずれも法文堂）をすでに刊行し、来春にはユーモア歴史評伝『歴史の反逆者』（六月社）を上梓《じょうし》予定で、目下、すばらしいユーモア小説を書こうと大ケッシンをしている、というような内容が見える。

わたくしはそれが記載されている小冊子『ユーモア作家クラブ　会員名鑑　ユーモア手帳5・特集』（昭和三十一年一月刊）を発掘したが、貴重な資料なので、のちに司馬遼太郎記念館に寄贈した。それ以来、『三河一向一揆史』『加賀一揆始末』『歴史の反逆者』を入手すべくつとめたが、いまだに手に入らない。

それはさておいて、一九五六年（昭和三十一年）、ユーモア作家クラブの会員となり、「ペルシャの幻術師」が第八回講談倶楽部賞を受賞してから、一九六三年（昭和三十八年）に至る期間には、「匂《にお》い沼　花妖譚五」「戈壁《ゴビ》の匈奴《きょうど》」「兜率天《とそつてん》の巡礼」「梟《ふくろう》の城」「下請《したうけ》忍者」「外法仏《げほうとけ》」「牛黄加持《ごおうかじ》」「伊賀者」などの幻想小説を書き、ユーモア現代小説「丼池《どぶいけ》界隈」「十日の菊」、ユーモア時代小説「泥棒名人」「法駕籠《ほうかご》のご寮人《りょん》さん」など十数篇のユーモアものも書いている。

当時のマスコミは、「梟の城」「下請忍者」「伊賀者」などの忍者小説には、幻想性が投影されていることを見抜けず、忍者小説にすぎないとみなして、作者を〝忍豪作家〟とよんだ。

既成の小説にならって小説を書くことを嫌う司馬は、〝忍豪作家〟のレッテルをはられたために鬱懐《うっかい》となり、幻想的な忍者小説を書かなくなっただけでなく、ユーモア小説や、幻想小説の短編も書かなくなる。〝忍豪作家〟〝ユーモア作家〟〝幻想作家〟と、きめつけられたくなかったのだ。

さらに、わたくしが注目したのは、幻想小説を集中的に書いている一九五五年（昭和三十年）から一九七三年（昭和四十八年）に至る年代が、日本の戦後復興、高度経済成長期にあたっていたことである。

この時期は、高度経済成長によって生じた管理社会の中で生活するサラリーマンが多くなり、人間関係《ヒューマンリレーションズ》が複雑になった。

その社会体制が、従来の農業社会から、管理・情報社会に急速に変わった一九五五年―七三年を生きる司馬は、当時の社会体制の人びとに読まれる小説を書こうとした、というよりも、読者の側が、社会体制に見合った読みかたをしたのである。

一九六二年（昭和三十七年）連載開始の「竜馬がゆく」、一九六八年（昭和四十三年）連載開始の「坂の上の雲」、一九七二年（昭和四十七年）連載開始の「翔《と》ぶが如く」などの長編小説には、坂本龍馬《さかもとりょうま》、秋山好古《あきやまよしふる》・真之《さねゆき》兄弟、西郷隆盛《さいごうたかもり》、大久保利通《おおくぼとしみち》ら合理主義者たちが登場するので、それらの歴史上の人間群像を通して、技術革新時代の管理・情報社会における人間関係のありかたを学ぶのにふさわしい歴史小説として読まれたのである。三作以外の歴史・時代小説が読者をひきつけたのも、そういった現代性によるものであろう。

司馬遼太郎は多くの歴史・時代小説を書き、圧倒的多数の読者と国民作家のステイタスを得たのち、日本のオピニオン・リーダー的な存在となった。

だが、自分のおもな幻想小説は、密教という呪術宗教や、古代キリスト教を知らなければ、わかりにくいという鬱懐を持っていたとおもわれる。

司馬文学の大きなテーマは、〝日本人、および、日本とは何か〟である。そのテーマについて書きつづけた作者が、日本人は一般的に、宗教について関心がうすいということを察知しないはずがない。

前述した『三河一向一揆史』『加賀一揆始末』などを入手できないために未見だが、タイトルから察して、室町時代末期の三河や、加賀地方の浄土《じようど》真宗《しんしゆう》の門徒による宗教一揆をテーマとした著書であろう。

三河一揆について、小説として雑誌（「ブディスト・マガジン」）に連載したのは二十八歳の時の「正法の旗をかゝげて――ものがたり・戦国三河門徒」である。

わたくしの調べによると、司馬の父方の祖先は、代々、播州《ばんしゆう》（現・兵庫県南西部）の浄土真宗の固門徒《かたもんと》（熱烈な信徒）であったが、三河一揆に参加して敗れたのち、三河（現・愛知県東部）から播州に土着し、播州一揆（信長、秀吉に抵抗した一揆）に加わっているので、この小説に登場する一揆の退散者の中には、司馬の祖先がいたとおもわれる。かれらは一揆によって、法敵で、三大英雄の家康・信長・秀吉に反抗したのである。

ちなみに、浄土真宗（一向宗）は、鎌倉時代の親鸞《しんらん》によって創始された。その宗旨《しゆうし》は神をおがむな、祈禱《きとう》も迷信、うらない・まじないもウソだとする合理主義的宗教で、「南無阿弥陀《なむあみだ》仏《ぶつ》」の六字名号《ろくじみようごう》を唱えれば救われるという。密教とは対照的な宗教である。

幻想小説だけでなく、歴史・時代小説、「街道をゆく」の各巻やエッセイには、宗教について書かれている。

特に、幻想小説には、密教、古代キリスト教が投影されているので、たとえば、雑密と純密のちがいを知ると、その幻想小説が興趣満点のおもしろい作品になる。

うらない・まじないなどの雑密や、純密の真言による加持祈禱によって、昔の人びとの日常生活はささえられていた。そのような時代相を映し出すのは歴史ものの本道であるといえよう。

こんにちは、現代の読者にわかるように、史実を無視して故意におもしろさをつくり出す歴史ものが多すぎるようにおもえてならない。


本書を刊行するにあたって、司馬遼太郎の著作を使わせてくださった司馬遼太郎夫人、福田みどり様、司馬遼太郎記念財団理事長・記念館館長、上村洋行氏に、心から感謝の意を表します。

そして、編集にあたってお力添えくださった集英社の梶屋隆介氏、集英社新書編集部の伊藤直樹氏、校閲の寺岡雅子様にもお礼を申し上げます。

なお、執筆の機会をあたえてくださった校條剛氏（元・新潮社）に深謝いたします。

平成二十四年三月十一日
一年前の東日本大震災の犠牲者の方のご冥福をお祈りします。

磯貝勝太郎　合掌

本書関連の司馬遼太郎略年譜

一九二三（大正十二）年
八月七日　奈良県北葛城郡磐城村大字竹内（現・奈良県葛城市竹内）の母親の実家、河村家で、父福田是定、母直枝の次男として生まれる。本名は福田定一。直枝は若いころ、脚気となり、乳の出が悪かったために、磐城村今市（現・葛城市南今市）の仲川家に生後ほどなく里子に出された。仲川平治郎の妻マチエの乳をもらうためであった。三歳まで仲川家で養育されたのち、河村家にもどった。その後、父是定が大阪市浪速区西神田町（現・浪速区塩草町）で薬局を開業していたので、そこに、母直枝、姉貞子、妹弘子とともに移った。長男稔は二歳で乳児脚気で死亡。

一九三〇（昭和五）年
七歳。
四月　大阪市立難波塩草尋常小学校（現・大阪市立塩草小学校）に入学。

一九三四（昭和九）年
十一歳。
この年、逓信省（郵政省の前身）簡易保険局が全国の小、中、高校の生徒を対象として、簡易保険をテーマとする作文を募集した時、応募

一九三六（昭和十一）年

して第一位に入選。大きなメダルをもらった。

十三歳。

四月　私立上宮中学校（現・私立上宮高校）に入学。

夏休みに叔父の善作に連れられて、大峰山に十三詣りをおこなう。

一九四〇（昭和十五）年

このころから大阪市立御蔵跡図書館（現在の中央区日本橋三丁目に設置されていたが、戦災で焼失）に通いはじめ、一九四三（昭和十八）年に、兵隊に召集されるまで、毎日のように利用する。

十七歳。

三月　中学四年修了で、旧制大阪高等学校、皇紀二六〇〇年を記念して文部省所管の官立大学に昇格した神宮皇學館大学、一九三九（昭和十四）年の大学令で大学に昇格した東亜同文書院大学を受験したが、失敗。

一九四一（昭和十六）年

四月から府立の旧制生野中学校（現・生野高等学校）の補習科に通いはじめたが、卒業はしなかった。

十八歳。

一九四二（昭和十七）年

三月　旧制弘前高等学校を受験、失敗。
十九歳。
四月　国立大阪外国語学校（現・大阪外国語大学）蒙古語部に入学。

一九四三（昭和十八）年
二十歳。
九月　国立大阪外国語学校を仮卒業。
十二月　学徒出陣。兵庫県の青野ヶ原の戦車第十九連隊に入営。
この年、大好きな役小角の顰にならって、大峰山の山上ヶ岳の頂上で結跏して、死についての教えを小角から得たかったのだが、ついに得ることができずに下山した（三度目の大峰山行きであった）。

一九四四（昭和十九）年
二十一歳。
四月　満洲の四平（公主嶺）陸軍戦車学校の第十一期幹部候補生として、第一区隊に入隊。
十二月　戦車学校を卒業後、見習士官として、東満洲の石頭に駐在する戦車第一師団第一連隊第五中隊に赴任。

一九四五（昭和二十）年
二十二歳。
四月　本土決戦のために戦車とともに釜山経由で新潟に帰還。
八月　群馬県の相馬ヶ原から栃木県佐野に移動したのち、佐野で終戦をむかえる。
十二月　大阪市生野区にあった新世界新聞社に入社。社会部記者になる。

一九四六（昭和二十一）年
二十三歳。

六月　京阪神地方の新興の新聞社であった新日本新聞社に入社。

一九四八（昭和二十三）年

二十五歳。

この年、新日本新聞社倒産。

五月　産業経済新聞社に入社。京都支局に勤務し、宗教と大学を担当。暇を見つけて、京都大学附属図書館、龍谷大学附属図書館を利用する。

一九五二（昭和二十七）年

二十九歳。
七月　大阪本社の地方部に転勤。

一九五三（昭和二十八）年

三十歳。
五月　文化部勤務になり、文学と美術を担当。

一九五六（昭和三十一）年

三十三歳。

五月「黒色の牡丹　花妖譚三」を「未生」（未生流家元出版部発行の月刊機関誌）に福田定一の本名で発表。

五月「ペルシャの幻術師」を「講談倶楽部」に司馬遼太郎の筆名で発表し、第八回講談倶楽部賞を受賞。

八月「匂い沼　花妖譚五」を「未生」に福田定一の本名で発表。

十月「睡蓮　花妖譚六」を「未生」に福田定一の本名で発表。

この年の二月、海音寺潮五郎、今東光、子母澤寛、源氏鶏太、角田喜久雄などの先輩作家の支援で、同人雑誌「近代説話」を創刊することを決めた。同人は寺内大吉、司馬遼太郎、石浜恒夫、清水正二郎（のちの胡桃沢耕史）、辻井喬（堤清二）。

この年の五月、文化部次長になる。

一九五七（昭和三十二）年

三十四歳。

一月「白椿　花妖譚八」を「未生」に福田定一の本名で発表。

五月「弋壁の匈奴」を「近代説話」（創刊号）に発表（この作品以後、筆名はつねに司馬遼太郎）。

十二月「兜卒天の巡礼」を「近代説話」（第二号）に発表。

一九五八（昭和三十三）年

三十五歳。

四月「梟のいる都城」を「中外日報」に連載（完結後、『梟の城』と改題）。

七月　最初の短編集『白い歓喜天』（凡凡社）を刊行。

一九五九（昭和三十四）年

三十六歳。

九月『梟の城』（講談社）を刊行。

十二月「下請忍者」を「講談倶楽部」に発表。「神々は好色である」を「面白倶楽部」に発表。

一九六〇（昭和三十五）年

三十七歳。

一月「梟の城」で第四十二回直木賞を受賞。

一九六一（昭和三十六）年
三月「外法仏」を「別冊　文藝春秋」に発表。
十一月『豚と薔薇』（東方社）を刊行。
十二月「牛黄加持」を「別冊　文藝春秋」に発表。
この年の一月、文化部長になる。
三十八歳。

一九六三（昭和三十八）年
一月「飛び加藤」を「サンデー毎日」（特別号）に発表。
三月「果心居士の幻術」を「オール讀物」に発表。
この年の三月、出版局次長を最後に産業経済新聞社を退社。
四十歳。

一九六七（昭和四十二）年
一月「伊賀者」を「週刊読売」に発表。
四十四歳。

一九六八（昭和四十三）年
六月「妖怪」を「讀賣新聞」（夕刊）に連載。
この年の五月二十九日、海音寺潮五郎と竹内街道を歩く。
四十五歳。

一九七〇（昭和四十五）年
七月「大盗禅師」を「週刊文春」に連載。
四十七歳。
一月『日本歴史を点検する』（海音寺潮五郎との対談集　講談社）を刊行。

一九七一（昭和四十六）年
四十八歳。
一月「街道をゆく」を「週刊朝日」に連載開始。
九月『司馬遼太郎全集　全三十二巻』（文藝春秋　第一期）を刊行開始。

一九七二（昭和四十七）年
四十九歳。
五月『日本人と日本文化』（ドナルド・キーンとの対談集　中央公論社）を刊行。

一九七三（昭和四十八）年
五十歳。
一月「空海の風景」を「中央公論」に連載。
この年の八月、はじめてモンゴルを取材、旅行。

一九七四（昭和四十九）年
五十一歳。
十月『街道をゆく5　モンゴル紀行』（朝日新聞社）を刊行。

一九七五（昭和五十）年
五十二歳。
十月『余話として』（文藝春秋）を刊行。

一九七六（昭和五十一）年
五十三歳。
五月「空海の風景」など一連の歴史小説に対して、昭和五十年度日本芸術院賞（文芸部門）恩賜賞を受賞。

一九七七（昭和五十二）年
五十四歳。
十二月三日「蒸溜された一滴　海音寺潮五郎氏を悼む」を「朝日新

聞」（夕刊）に発表。
この年の十二月十五日、海音寺潮五郎の葬儀委員長を務めた（青山葬儀所）。

一九七九（昭和五十四）年
五十六歳。
九月『古往今来』（日本書籍）を刊行。

一九八一（昭和五十六）年
五十八歳。
五月『歴史の夜咄』（林屋辰三郎との対談集　小学館）を刊行。

一九八三（昭和五十八）年
六十歳。
四月『司馬遼太郎全集　全十八巻』（文藝春秋　第二期）を刊行開始。
この年の一月、「歴史小説」の改新の功績によって昭和五十七年度朝日賞を受賞。

一九八四（昭和五十九）年
六十一歳。
一月「韃靼疾風録」を「中央公論」に連載。

一九八五（昭和六十）年
六十二歳。
十一月『街道をゆく26　嵯峨散歩、仙台・石巻』（朝日新聞社）を刊行。

一九八八（昭和六十三）年
六十五歳。
五月『微光のなかの宇宙　私の美術観』（中央公論社）を刊行。
十月「韃靼疾風録」で第十五回大佛次郎賞を受賞。

一九九一（平成三）年
六十八歳。
四月「草原の記」を「新潮45」に連載。
この年の十一月、文化功労者として顕彰される。

一九九三（平成五）年
七十歳。
この年の十一月、文化勲章を授与される。

一九九六（平成八）年
二月十日　午前零時四十五分ごろ、東大阪市下小阪の自宅で吐血。
同月十一日　救急車で搬入された国立大阪病院で緊急手術を受ける。
同月十二日　午後八時五十分、腹部大動脈瘤破裂のため死去。享年七十二。
同月十四日　正午から自宅にて密葬告別式を挙行。法名「遼望院釈浄定」。
三月十日　大阪ロイヤルホテルで、「司馬遼太郎さんを送る会」を開催。三千三百人が参集。
十一月一日　文化庁の認可を得て、財団法人司馬遼太郎記念財団が発足。

一九九八（平成十）年
十月『司馬遼太郎全集　全十八巻』（文藝春秋　第三期）を刊行開始。
十月『歴史と風土』（文春文庫）を刊行。
この年の八月二日、浄土真宗本願寺派大谷本廟・南谷（京都市東山区

	五条橋東）に墓碑完成（新聞記者として六年間、青春時代を過ごした地）、納骨法要が営まれる。
一九九九（平成十一）年	この年の二月二日、司馬遼太郎記念館建設構想が発表され、安藤忠雄の設計で、自宅とその隣接地（東大阪市下小阪三丁目十一番十八号）に建設することが決定される。
二〇〇〇（平成十二）年	二月『もうひとつの「風塵抄」　司馬遼太郎＊福島靖夫　往復手紙』（中央公論新社）を刊行。
二〇〇一（平成十三）年	二月『ペルシャの幻術師』（文春文庫）を刊行。 この年の十一月一日、司馬遼太郎記念館開館。

＊年譜作成にあたっては、『司馬遼太郎全集　第三十二巻』（文藝春秋）年譜、『「司馬遼太郎が愛した世界」展』年譜（神奈川近代文学振興会・増田恒男）、磯貝勝太郎『司馬遼太郎の風音』（ＮＨＫ出版）年譜に基づきました。

おもな引用・参考文献

本書の執筆にあたって参考にした文献のうち、おもなものは、つぎのとおりである。

① 司馬遼太郎の作品

司馬遼太郎の作品は、本書では、A 文庫版があるものは、それを優先し、あわせて、B 『司馬遼太郎全集』(全六十八巻 文藝春秋 第一期：昭和四十六―四十九年 第二期：昭和五十八―五十九年 第三期：平成十―十二年)を参照、ときには引用した。C 全集に未収録のものを収めたシリーズの類には、つぎのようなものがあり、これらも参照、ときには引用した。

『司馬遼太郎短篇全集』(全十二巻 文藝春秋 平成十七―十八年)

『司馬遼太郎が考えたこと』(全十五巻 新潮社 平成十三―十四年)

『司馬遼太郎全講演』(全三巻 朝日新聞社 平成十二年)

『司馬遼太郎対話選集』(全五巻 文藝春秋 平成十四―十五年)

『司馬遼太郎が語る日本 未公開講演録愛蔵版』(全六冊 朝日新聞社 平成八―十一年)

D その他、参照したもの

特別インタビュー「司馬遼太郎 韃靼疾風録の浪漫を語る」月刊「新刊ニュース」(新刊ニュース社 平成五年一月)

志村有弘編『司馬遼太郎の世界』「国文学解釈と鑑賞」別冊(至文堂 平成十四年)

志村有弘編『司馬遼太郎事典』(勉誠出版 平成十九年)

E　引用したもの
『シルクロード　絲綢之路　第六巻　民族の十字路　イリ・カシュガル』（日本放送出版協会　昭和五十六年）
『もうひとつの「風塵抄《ふうじんしょう》」　司馬遼太郎＊福島靖夫　往復手紙』（中央公論新社　平成十二年）

②　明治時代以前の参考文献
『役行者本記』　『日本書紀』　『続日本紀』　景戒著『日本霊異記』　実運著『秘蔵金宝集　巻上』　空海著『即身成仏義』　『平家物語』　『増鏡』　喜多村信節著『嬉遊笑覧』　『烈戦功記』　『信西古楽図』

③　近代・現代の参考文献
水原尭栄『邪教立川流の研究』（進文堂書店　昭和六年）
石浜純太郎『東洋学の話』（創元社　昭和十八年）
杜山悠『忍者の系譜　漂白流民滅亡の叙事詩』（創元社　昭和四十七年）
和歌森太郎編『山岳宗教の成立と展開（山岳宗教史研究叢書1）』（名著出版　昭和五十年）
海音寺潮五郎『聖徳太子（書きおろし歴史小説シリーズ）』（学習研究社　昭和五十三年）
井本英一『古代の日本とイラン』（學生社　昭和五十五年）
『空海の人間学』（竹井書版　昭和五十八年）
岸俊男『日本古代宮都の研究』（岩波書店　昭和六十三年）

杉山二郎『遊民の系譜　ユーラシアの漂泊者たち』（青土社　昭和六十三年）
『新修　大阪市史　第一巻』（大阪市　昭和六十三年）
戸部新十郎『忍者の履歴書』（朝日文庫　平成元年）
『菊池寛全集　第四巻』（文藝春秋　平成六年）
森睦彦『ゴルドン夫人と日英文庫』（私家版　平成七年）
守山聖真『立川邪教とその社会的背景の研究』（碩文社から復刻版刊行　平成九年）
伊藤義教『ペルシア文化渡来考　シルクロードから飛鳥《あすか》へ』（ちくま学芸文庫　平成十三年）
天野仁『忍者のラビリンス』（創土社　平成十三年）
磯貝勝太郎『司馬遼太郎の風音』（日本放送出版協会　平成十三年）
花山勝友監修『［図解］密教のすべて』（光文社知恵の森文庫　平成十八年）

F　雑誌から引用したもの

「続日本紀研究」（昭和三十六年四月号）
「三友」（昭和四十二年十月二十日　第六十号）
「商工毎日新聞」（昭和五十九年八月一日　第六一三号）
「遼」（司馬遼太郎記念館会誌　二〇〇四年秋季号　第一三号）

G　辞典

『国史大辞典』（全十五巻　十七冊　吉川弘文館　昭和五十四—平成九年）
『日本大百科全書』（全二十五巻　小学館　昭和五十九—平成元年）

イラスト／磯貝　健　ウェブサイト
http://www.ken-isogai.com/

磯貝勝太郎（いそがい　かつたろう）

一九三五年、東京生まれ。慶應義塾大学文学部卒業。文芸評論家。八三年、長年の大衆文学評論の業績から第十八回長谷川伸賞、二〇〇一年には著作『司馬遼太郎の風音』（日本放送出版協会）で第十四回尾崎秀樹記念大衆文学研究賞（評論・伝記部門）受賞。〇八年、さいたま市文化賞受賞。ほか著作に『歴史小説の種本』（日本古書通信社）、共著に『司馬遼太郎について』（日本放送出版協会）等がある。

集英社新書〇六三八F

司馬《しば》遼《りょう》太《た》郎《ろう》の幻《げん》想《そう》ロマン

二〇一二年四月二二日　第一刷発行

著者……磯《いそ》貝《がい》勝《かつ》太《た》郎《ろう》

発行者……館　孝太郎

発行所……株式会社集英社

東京都千代田区一ツ橋二-五-一〇　郵便番号一〇一-八〇五〇

電話　〇三-三二三〇-六三九一（編集部）
〇三-三二三〇-六三九三（販売部）
〇三-三二三〇-六〇八〇（読者係）

装幀……原　研哉

印刷所……凸版印刷株式会社

製本所……株式会社ブックアート

定価はカバーに表示してあります。

ISBN 978-4-08-720638-8 C0295

Printed in Japan

集英社新書　好評既刊

文芸・芸術——F

舞台は語る　扇田昭彦
臨機応答・変問自在2　森　博嗣
超ブルーノート入門　中山康樹
短編小説のレシピ　阿刀田高
パリと七つの美術館　星野知子
天才アラーキー　写真ノ時間　荒木経惟
プルーストを読む　鈴木道彦
写真とことば　飯沢耕太郎
フランス映画史の誘惑　中条省平
スーパー歌舞伎　市川猿之助
挿絵画家・中一弥　中　一弥
文士と姦通　川西政明
廃墟の美学　谷川　渥
ロンドンの小さな博物館　清水晶子
ピカソ　瀬木慎一
超ブルーノート入門　完結編　中山康樹
ジョイスを読む　結城英雄
樋口一葉「いやだ!」と云ふ　田中優子
海外短編のテクニック　阿刀田高
余白の美　酒井田柿右衛門　十四代酒井田柿右衛門
父の文章教室　花村萬月
懐かしのアメリカTV映画史　瀬戸川宗太
日本の古代語を探る　西郷信綱
中華文人食物語　南條竹則
古本買い　十八番勝負　嵐山光三郎
江戸の旅日記　ヘルベルト・プルチョウ
脚本家・橋本忍の世界　村井淳志
ショートショートの世界　高井　信
ジョン・レノンを聴け!　中山康樹
必笑小咄《こばなし》のテクニック　米原万里
小説家が読むドストエフスキー　加賀乙彦
喜劇の手法　笑いのしくみを探る　喜志哲雄
映画の中で出逢う「駅」　臼井幸彦

a pilot of wisdom

日本神話とアンパンマン　山田　永
中国10億人の日本映画熱愛史　劉　文兵
落語「通」入門　桂　文我
永井荷風という生き方　松本　哉
世にもおもしろい狂言　茂山千三郎
クワタを聴け!　中山康樹
米原万里の「愛の法則」　米原万里
官能小説の奥義　永田守弘
日本人のことば　粟津則雄
ジャズ喫茶 四谷「いーぐる」の100枚　後藤雅洋
宮澤賢治 あるサラリーマンの生と死　佐藤竜一
寂聴と磨く「源氏力」全五十四帖 一気読み!　「百万人の源氏物語」委員会編
時代劇は死なず!　春日太一
田辺聖子の人生あまから川柳　田辺聖子
幻のB級!大都映画がゆく　本庄慧一郎
現代アート、超入門!　藤田令伊
英詩訳・百人一首 香り立つやまとごころ　マックミラン・ピーター

江戸のセンス　荒井　修　いとうせいこう
振仮名の歴史　今野真二
俺のロック・ステディ　花村萬月
マイルス・デイヴィス 青の時代　中山康樹
現代アートを買おう!　宮津大輔
小説家という職業　森　博嗣
美術館をめぐる対話　西沢立衛
音楽で人は輝く　樋口裕一
オーケストラ大国アメリカ　山田真一
証言 日中映画人交流　劉　文兵
荒木飛呂彦の奇妙なホラー映画論　荒木飛呂彦
耳を澄ませば世界は広がる　川畠成道
あなたは誰? 私はここにいる　姜　尚中
素晴らしき哉、フランク・キャプラ　井上篤夫
フェルメール 静けさの謎を解く　藤田令伊

a pilot of wisdom

集英社新書　好評既刊

笑う、避難所〈ノンフィクション〉
頓所直人／写真・名越啓介　0626-N

石巻の勤労者余暇活用センター・明友館は認定を受けない自主避難所だった。避難民一三六人の闘いを記録。

ローマ人に学ぶ
本村凌二　0627-D

過酷な状況を打開しながら大帝国を築いたローマ人たちの史実を、古代ローマ史の第一人者が活写した一冊。

福島第一原発―真相と展望
アーニー・ガンダーセン　0628-B

地震直後にメルトダウンやレベル7をいち早く指摘した原発のエキスパートが今後の日本を鋭く分析する。

帝国ホテルの流儀
犬丸一郎　0629-A

マリリン・モンローをはじめ多くのVIPを魅了したサービスとおもてなしの極意を伝説の経営者が語る。

没落する文明
萱野稔人／神里達博　0630-B

3・11が突きつけたのは近代文明の限界。天災・技術・エネルギーと政治経済の関係を人類史的に読み解く。

我関わる、ゆえに我あり
松井孝典　0631-G

地球を俯瞰すれば人間が分かる―。惑星物理学の第一人者が宇宙からの視点で人間が抱える緊急課題を解明。

チャングム、イ・サンの監督が語る　韓流時代劇の魅力
イ・ビョンフン　0632-N

「チャングム」「ホジュン」などの大ヒット作を世に送り出してきた監督が制作秘話や作品世界を語る！

人が死なない防災
片田敏孝　0633-B

小中学生の生存率九九・八%、「釜石の奇跡」と呼ばれた防災教育の内容とは何か。片田防災論の集大成。

気の持ちようの幸福論
小島慶子　0634-C

自身の不安障害体験などを赤裸々に明かしつつ、他者との「交わり方」を真摯に問いかける生き方論。

中国経済　あやうい本質
浜　矩子　0635-A

中国経済の矛盾、そのバブル破裂が今後世界に及ぼす影響を鋭利に分析。中国と日本が共存する道を考える。